As mortes de quem vive

Thiago Tourinho

As mortes de quem vive

REFORMATÓRIO

Editor:
Marcelo Nocelli

Revisão:
Natália Souza
Elen Juanini

Ilustração de capa:
Veridiana Scarpelli

Capa:
Fernanda Ficher

Design, editoração eletrônica:
Karina Tenório

Dados Internacionais de Catalogação na Publicação (CIP)
Bibliotecária Juliana Farias Motta CRB7/5880

Tourinho, Thiago
As mortes de quem vive / Thiago Tourinho. – São Paulo:
Reformatório, 2025.
254 p.: 14x21 cm.

ISBN: 978-65-84041-00-4

1. Romance brasileiro. I. Título.
T727m CDD B869.3

Índice para catálogo sistemático:
1. Romance brasileiro

Editora Nocelli Ltda
www.reformatorio.com.br

Na família de Lúcia Sadovita, todos os que nasciam com olhos azuis estavam destinados a ser tristes. Tinha sido assim desde sempre. Ouvira histórias antigas do seu bisavô, relatos detalhados sobre esta sina, que alguns acreditavam ser uma maldição, um erro cometido por algum antepassado transmitido através das gerações. Aos detentores dos olhos azuis, a tristeza não lhes acometia por nenhuma ocorrência trágica, nenhum desastre previsto ou enfermidade genética que pudesse justificar a coincidência de destinos. Vinham ao mundo apenas com um vazio profundo, uma tristeza sem fim.

Quando os filhos nasciam, os pais se angustiavam. A apreensão sobre a cor dos olhos delimitava as fronteiras da alegria. Alguns se surpreendiam aos poucos. Saíam do ventre com olhos mais claros, que escureciam em tons de marrom com o tempo. A família Sadovita, reconhecendo a relevância daquela característica, aprendera a identificar, melhor do que os médicos, os falsos azuis nas primeiras horas de vida. Também recorreram a biólogos e geneticistas para prever quais combinações de cromossomos poderiam gerar bebês melancólicos. As regras hereditárias entre pais e avós pareciam não fazer sentido no caso da família Sadovita. Os médicos achavam provável que somente um gene quebrado, particular à família, poderia se manifestar com essa anormal frequência, na mais ínfima das chances estatísticas. A sina dos olhos azuis era repassada tanto pelo pai quanto pela mãe e contagiava, dominante e recessiva, sem clareza algébrica, todas as árvores relacionadas à família.

Quando seu pai, Geraldo Sadovita, lhe contou sobre este fado, pouco depois da morte da sua mãe, Lúcia não poderia acreditar que suas páginas já estavam escritas. Lembrava-se desde pequena da tristeza perene, do cansaço de vida, como um rio invisível, percebido apenas em volume de água descendo, se agarrando às encostas em constante ameaça de arrastar tudo. Se não fosse a condição de sua mãe, que vivia morrendo na cama, não caberia na infância de Lúcia motivos de maior tristeza. Vivia solta nos pastos, trepando em árvores e chupando mangas, em convívio com a natureza. Já crescida, desconfiava das lendas que, exageradas a cada geração, viravam verdades como as do lobisomem ou do curupira. Toda a família vivera em zona rural, distante de informação, deficiente de estudos e ciências. A vontade de que essa amarra do destino não existisse a fazia disfarçar o vazio que sentia atribuindo a sentimentos outros, condições de humor comum a todos. Seu pai era resignado, assentado de verdades que já não eram questionáveis para ele. Lúcia não compartilhava convicção. Queria encontrar saída, desmestificar a crença que lhe condenava. Revirava o passado dos pais, as histórias de outros que se emaranhavam em sua vida, procurando evidências que confirmassem ou não o caráter extraordinário daquele destino. Queria pegar a história pelo fio e desenrolar o nó que agora chegava nela.

A mãe de Lúcia conheceu o marido engasgada em um caroço de jaca. Amava jaca em um tempo que dava vergonha às mulheres comerem. Faltava delicadeza na jaca, era bruta demais e fedia em volume e distância. O fruto grande e áspero, cortado ao meio, não cabia acolhido no colo. Marta comia com pressa e lambuzeio sem apartar mel de caroço, sem vergonha do rosto babado, pegajoso em amarelo. O caroço mordido escorregou na baba e escapou da língua, descendo direto para garganta. Obstruiu a traqueia, e Marta não respirava. Geraldo passava pela rua e a viu com os olhos pocados. Ele agarrou-a pelo verso e a sacudiu com força, comprimindo sua barriga com os braços, travando suas costas com o peito em movimentos violentos.

Já estava ficando roxa quando ejetou a semente pela boca, respirando um alívio fundo. Geraldo era também grande e áspero. De longe sentia-se o odor de couro e estrume fresco de curral. Era interessado na razão das coisas e falava grande, maior do que seu conhecimento.

Marta falava pequeno, menor do que tudo que sabia. Seus alunos na escola a chamavam de Tia Piá. Geraldo gostou de Marta ali e, acostumado a mandar, teve que se convencer de que não poderia simplesmente levá-la para casa.

Tornou-se seu aluno, todas as tardes depois das aulas de Marta na escola municipal. Conversavam sobre os grandes ensinamentos do mundo, os princípios que balizam toda verdade. Geraldo se deixava ser tangido sem embaraço. Não disputava conclusões, apenas seguia distraído, absorto na didática dos seus traços, na condução suave de trato e de beleza. Contemplava as palavras como imagens idílicas, linguagem harmoniosa do espírito. Geraldo acreditava que poderia escapar do triste destino se encontrasse alguém nascido só para ele. Amor exclusivo que não se encontra sem acaso. Acurralou-se, marcado a ferro. Queria gravar no couro seu nome e pertencer somente a ela.

No dia em que Lúcia veio ao mundo no sobrado, não se sabia se sua mãe teria forças para fazê-la nascer e seguir vivendo. Marta adoecia de morte. Estava em trabalho de parto na fazenda quando, contra a vontade de Geraldo, tiveram que lhe abrir, desfalecida de dor e fraqueza, e arrancar Lúcia para o mundo. Depois do parto, Marta nunca mais saiu da cama. Com o tempo, não se distinguia seu corpo dos lençóis, pele e pano amarrotados, marcados de peso e tempo no colchão. Geraldo se culpava, acreditando ter contagiado Marta do mal da sua família e lamentava, embargado pela emoção e pelo uísque que sempre o acompanhava.

Marta padecia testemunhando aquela resignação, que também era lembrança da sua morte iminente. Nunca acreditou em maldição, um mando divino e maldoso sobre todas as descendências de uma família. Ignorância. Previa a solidão de Lúcia, delicada como ela, naquele mundo agreste de fazenda, sem alguém que pudesse lhe guiar na razão das coisas, na subjetividade da vida, nas transparências dos afetos. Desde cedo, Marta a regou com palavras e poemas, prefiro que reze para Shakespeare, ela dizia. Alfabetizou-a para que não dependesse de ninguém, para que o hábito da leitura a bastasse, para que pudesse criar seu próprio juízo das ideias, sem fragilidades de cabeça. Antes de morrer, Marta deixou uma séries de livros, com trechos marcados, para que servissem como guias, espécies de bíblias pessoais. Quando se sentisse perdida, Lúcia recorreria aos grifos, visualizando a mãe recitando-os como conselhos. Marta estaria para sempre em Lúcia, perpetuada nas palavras que ainda não lera.

Lúcia só conheceu a mãe doente. Não soube como era tê-la plena e feliz, sem incertezas sobre a vida. Nunca a viu livre daquele vulto. Anos depois, Lúcia se perguntava se esse vulto seria de fato a doença da mãe ou o canto sombrio que a acompanhava, destinado a ser ouvido por gerações. A tristeza pairava como uma sombra que não se consegue esconder. E mesmo quando a mãe sorria, imersa em ternura, deitada na cama, vendo-a fazer qualquer bobagem, logo recobrava consciência da brevidade dos seus dias. Devia fantasiá-la, divertida nos detalhes, em um futuro gracioso do qual nunca seria parte. E depois, aos seis anos, quando a mãe se foi, escutou do padre que a morte traz aprendizados e lições para quem vive, olhou para o pai, e a tristeza o tinha levado. Era mais defunto do que a mãe. Partiu junto com ela. Seu corpo funcionava mecânico, sustentado pela dor, indiferente à vida que lhe restou. Cumpriu até o desencarnar seu papel de provedor. Só poderia dar a Lúcia condições de sobrevivência, sem carga alguma de afeto, não por omissão, mas por não conseguir entregar algo que já não encontrava em si.

Assim que concluiu os estudos, prestes a ir para a universidade, Lúcia deixou sua casa vazia de tudo. Seu pai passava as tardes na varanda, roupa velha e barba por fazer, tragando seu uísque, medindo com a vista a extensão da fazenda até alcançar a perdição do horizonte. Sem força de trabalho, sem entusiasmo, aguardava a morte, que um dia se enganara e não o levou. A terra não parecia a mesma da infância de Lúcia. Aquele pasto verde brilhoso, o cheiro das vacas, a constante movimentação dos funcionários trazendo notícias de vida e de fartura. A festa junina, que era a maior e mais feliz.

Quando Lúcia deixou sua casa, não se acendiam mais fogueiras no São João. O gado todo vendido ou doente, os funcionários partiram e os que permaneceram não se importavam. Tudo tinha morrido. Restava o pai e seu olhar distante de espera. Restava a tristeza.

Lúcia notou o rapaz se aproximando e começou a se apressar. Não ouviu que te chamei? Lúcia não tentou justificar os passos mais largos em direção à biblioteca da faculdade, desculpa, tava distraída. Sua voz falhou, não falara com ninguém há mais de dois dias, seu pai nunca ligava e ainda não tinha amigos na cidade onde vivia há pouco mais de seis meses. Atravessava o corredor largo, que lhe parecia ser maior do que os pastos da fazenda, sentindo as pernas hesitarem, desconcertada pelos risos de quem a via passar. Vagava entre as salas, encastelada por uma pilha de livros pesados, que carregava como um filho nos braços.

Pelo visto, você gosta de boas companhias. O rapaz se referia ao livro que Lúcia segurava. Mamãe sempre lia Shakespeare. Lúcia também recorreu à literatura para respirar e sobreviver na fazenda, cercada de animais, homens brutos ou de desconhecidos e pessoas queridas que morreram ou foram entristecendo. Lembrou do trecho que a mãe citaria nos dias mais sombrios do sobrado, "aqui a nossa vida é isenta de tumultos, as árvores nos falam, os córregos murmurantes são livros, as pedras expressam sermões e tudo está bem. Não a trocaria por nada".

Chegaram finalmente à porta da biblioteca onde o rapaz, que até então a seguia, parou na sua frente. Lúcia notou seu torso esguio, os braços morenos de pelos louros e uma face sem traços de maldade. Não encontrou nele a brutalidade dos homens que conhecera na fazenda, e, sem perceber, baixou a guarda. Amanhã tem samba no Casarão. Gosta de samba? Lúcia só conhecia o samba de carnaval, que via pela televisão. O rapaz lhe entregou um folheto e continuou a dar mais detalhes que Lúcia, distraída, não guardou. Ela apertava as mãos, querendo comprimir os pensamentos para responder-lhe. A expressão de espera do rapaz recobrou a atenção de Lúcia, que agradeceu o convite, vou tentar ir. Fixou-se no desenho tosco do papel e quase não escutou quando ele se apresentou. Me chamo Dito.

Quando chegou ao endereço, os acordes mais graves fugiam pelas janelas como convites clandestinos até o Casarão, sem número, de paredes amarelas. A porta de madeira azul estava entreaberta e Lúcia sentiu um cheiro azedo, impregnado nas entranhas da casa. Ao cruzar a porta, esperava encontrar uma multidão barulhenta que com olhares a despiria de conforto, e iria embora resignada, certa da sua incapacidade de se misturar. Porém, as poucas pessoas que ocupavam o salão principal pareciam desinteressadas e alheias.

O Casarão começou a se apagar anoitecido e uma brecha de luz penetrou o centro do palco, iluminando uma senhora de cabelo farto e acinzentado. Marlene Riva era proprietária do lugar e diziam que fora amante de governantes e autoridades, frequentou palácios e realezas. Até que um dia não a quiseram e, esquecida, se recolheu no Casarão, que comprou com o pouco que sobrou dos dias de glória. Marlene anunciou a programação com a impaciência de quem, a essa altura, esperava protagonizar palcos mais grandiosos. Às quintas, samba da luz; às terças, contação de estrelas; aos domingos, pizza.

Lúcia procurava por Dito na penumbra frouxa do Casarão, mas não sabia se o reconheceria. Ele esteve mais presente em seu pensamento do que em seu olhar. Caminhava no saguão, desconfortável por ser a única pessoa desacompanhada, sem saber onde enfiar as mãos, se sorria ou se encolhia os ombros. Enquadrava seu andar desengonçado para não chamar atenção, até que encontrou refúgio junto ao bar. Não bebia, mas achou que deveria pedir algo quando o atendente se aproximou: uma dose de uísque, com duas pedras de gelo. Ouviu, em sua voz, a mesma frase repetida tantas vezes por seu pai.

Aproximou o nariz do copo, o líquido dourado inundando as pedras de gelo. O cheiro do álcool subiu vivo e lhe aguçou as narinas. Inclinou o copo com cuidado, cedendo pequenos territórios da boca, com medo de se entregar de vez, como fazia seu pai. O ardor aqueceu sua garganta, alcançou fundo um ponto que parecia ser todo seu corpo e provocou um suspiro aliviado. Tossiu seco. Voltou a derramar mais um pouco na boca agora acostumada e seguiu com goles decorosos, avisando ao corpo sobre suas intenções. A música soava mais agradável. Sentia-se mais disposta. Já não tinha receios ou constrangimentos.

As luzes se apagaram e uma mulher de trança nagô subiu ao palco. Seu corpo magro era preto igual, sem variações de tons, e pulseiras douradas refletiam a única luz branca do palco. Com as duas mãos no microfone, puxou um samba miúdo, que foi cadenciando e engrossando. Lúcia balançava desajeitada, os calcanhares pesados custavam sair do chão. Aos poucos, as notas do cavaquinho romperam a resistência e seu corpo foi desgovernando. Tecia, com o movimento frenético dos pés, um manto invisível no chão. O suor lhe pingava no rosto e manchava seu vestido.

Dito se aproximou, e Lúcia se deteve mais uma vez no percebido da sua presença. Ele lhe ofereceu os dois braços abertos, tava te esperando. A camisa aberta de Dito fez Lúcia se atrapalhar. O peitoral nu e bem demarcado era todo liso e sem pelos, e seus braços, secos e definidos. Lúcia sentiu-se feia e estranha, queria livrar-se do seu cabelo longo e espalhado e ficou agoniada por ter a mão ocupada e não conseguir prendê-lo. Ele pediu a bebida de sempre para o rapaz do bar que, apesar da pouca idade, lhe cumprimentou como Seu Dito. Entornou de uma vez a dose de cachaça com limão e disse que trabalhava no Casarão, cuido do bar e do samba. O volume da música impediu a continuidade da conversa, parecia que ali só poderiam existir trocas curtas e rasas. Dito sugeriu que aproveitassem o movimento fraco e saíssem para a rua.

Sentaram-se no meio-fio e conversaram por toda a noite ao som dos sambas melancólicos, indiferentes a tudo o que não era eles. Dito falava rápido e espontâneo, diferente dos homens que Lúcia conhecia, parecia não ter medo do que pensava ou dizia. Seus traços foram ganhando nitidez como uma foto aos poucos revelada. Foram interrompidos quando Marlene, irritada, pediu para Dito ajudar no caixa. Quando ele reapareceu, só teve tempo de balbuciar duas, três frases, que se perderam misturadas ao som alto, e acenou despedida.

Quando Marlene se mudou para o Casarão, todos os vestidos, sapatos e bijuterias não cabiam nos armários. Enquanto desarrumava as malas, cheirava cada peça, inalava profundo desejando se infestar com as memórias dos tempos em que valsava elegante pelos bailes da capital. No espelho pregado no banheiro, encarava seu reflexo tentando ignorar a pele que parecia escorrer pelo pescoço. Pintava sua face, iluminada por uma única lâmpada pendurada por um fio solto no quarto improvisado. Só saía à luz do dia depois de retocar o rosto, hábito adquirido quando ainda vivia como meretriz. Naquele tempo preenchia de beleza os jantares e não se importava quando, no final da noite, era enxotada do quarto carregando apenas dinheiro, escambo do corpo, chamada de vagabunda pelos mesmos homens que a presenteavam. Enchia-se de cremes milagrosos e recorria a qualquer procedimento estético que pudesse retardar o envelhecimento. Mas seu corpo não era imune ao tempo e, aos poucos, foi sendo preterida em favor de meninas mais novas, mais dispostas e sem classe.

Gastou os últimos recursos para chegar na cidade onde nasceu. Queria voltar triunfante, de cabeça erguida. Alugou um carro importado, com motorista e ar-condicionado, e rodou a região procurando pouso do destino. Naquele Casarão abandonado, fedido, pensou que poderia reinventar-se, resgatar a grandiosidade do passado.

Na noite de inauguração, os caranguejos do Alasca não tinham chegado e Marlene surtou, não vai substituir por porcaria de caranguejo de mangue nenhum, onde já se viu, acha que não vão perceber? A alta sociedade se ofende com qualquer custo-benefício. Marlene caminhou até a entrada onde um trio de músicos afinava os instrumentos. Inspecionou, de forma militar, a fileira de garçons que aguardavam o momento de iniciar o serviço, manda aquele embora, ordenou ao gerente da casa, não quero gente feia aqui. Estava quase na hora em que chegariam os convidados. Antes de Marlene abrir a porta, o segurança avisou, não tem ninguém do lado de fora. Pela janela, Marlene espiou a rua vazia e cogitou ter impresso a data ou o endereço errado no convite. Tudo estava correto. Esperou na entrada até o dia clarear. Nas semanas seguintes, os músicos seguiram tocando para um salão vazio, enquanto a cada noite aumentavam o prejuízo e a frustração. Para pagar as contas, ela foi vendendo os sapatos, os vestidos e as joias. Ficou só um filete de armário com as mesmas roupas que revezava durante a semana.

A necessidade fez Marlene reduzir o preço dos ingressos, trocar o espumante pela cerveja e ceder o palco para o samba. Nunca renunciou às camadas de pano e pó que a envaideciam. Todas as noites, Marlene se embelezava e trajava um dos cinco vestidos de gala que lhe restaram. Não lhe importava o calor ou o descabido da roupa. Arrumava-se com a mesma solenidade de quando frequentava as altas rodas. Erguia a cabeça. Era sua vez. Logo subiria ao palco.

Lúcia e Dito passaram a se encontrar todas as semanas no Casarão, sem necessidade de marcar, como uma coincidência programada. O Casarão era seu exclave, um pedaço dela que só existia em sítio distante, um intruso permanente da sua personalidade. As noites se alongavam para caber todas as músicas, todas as doses, todas as conversas. Por isso Dito estranhou o dia em que Lúcia chegou cedo e enrubescida, que cara é essa? É meu pai, Lúcia procurava fôlego, parece que saiu a cavalo, a sela estava um pouco solta e ele caiu. Dito puxou uma cadeira, mas Lúcia não quis sentar. Meu pai não consegue mais andar, está em cadeira de rodas, imagina o inferno ser cadeirante na fazenda. Dito a abraçou até restaurar sua respiração, trouxe um copo d'água, calma, pelo menos ele está vivo e bem, essas notícias às vezes chegam tortas. É que sou sempre a última a saber das coisas, ele não me escuta, não ouve ninguém. Dito a levou para tomar uma bebida e desatou a falar, emendando assuntos, para que não pensasse na sela despegando e seu pai arrebentado no chão, na cadeira de rodas abandonada no quintal sem ter quem a empurrasse.

Ao final da noite, Lúcia se deu conta de que queria escutar Dito todos os dias, falando qualquer coisa. Gostava de ver o rosto dele acendendo quando ele a consolava ou quando anunciava seus planos de ser tão imortal quanto as estrelas. Um dia vou fazer algo grandioso para que nunca esqueçam que eu vivi. Lúcia se encantava e pensava se a vida seria suficiente para tudo isso ou se nela caberiam apenas desejos modestos. Olhava para Dito desejando sentir o suor das suas mãos, se enrolar no emaranhado dos seus dedos. Marlene o chamava para começar a contação de estrelas. Dito tinha sempre alguma pressa.

Às terças-feiras, deitavam-se todos esticados em colchonetes, esteiras de palha e espreguiçadeiras. No pátio descoberto, o céu concentrava um número desproporcional de estrelas, como se alguém tivesse varrido e acumulado toda a poeira do céu naquele quadrado de noite. Lúcia assistia de longe. Dava-lhe vertigem olhar para o alto e pensar no infinito daquele escuro. Na fazenda, o céu era apenas um céu e não se pensava sobre ele. Marlene começava a contagem, partia do Cruzeiro do Sul e seguia ao leste. Espaçava o anúncio dos números enquanto os demais a seguiam em coro. Um. Dois. Três. Quatro. Cinco. Nada se movia, Dito, Lúcia, os astros. A sequência era pretexto, mantra de uma meditação matemática, ritmada pelos números naturais. Não se aventuravam chegar ao final, degustavam a infinitude, a porção que lhes cabia do divino. Deixavam de existir, por um instante de tempo, registrando com assombro o imenso que não alcançavam.

Dito fingiu ter algo a falar com Lúcia e sentou-se ao seu lado. Somente eles não contemplavam o céu. Ninguém os via. Avolumavam o gostar, sem precisar trocar palavras. Já contavam trezentas estrelas quando Dito se aproximou, lento e cuidadoso, até alcançar distância do irresistível. Ele achega-se mais, mira a boca de Lúcia e fecha os olhos. A contagem para. Marlene começa a tossir um pigarro persistente, que não consegue expelir. Todos se dispersam. Os rostos voltam aos seus pontos de partida. Recomeçam a contagem do início, partem do zero.

Você viu Dito? Lúcia perguntou ao porteiro do Casarão e, após a resposta negativa, atravessou o salão a passos largos, sem pressa ou inquietude, estalando a sandália no chão. Ainda remoía na memória a noite da contação de estrelas, o beijo que quase aconteceu. Deveria ter esticado o rosto, encontrado atalho para sua boca.

O de sempre? O rapaz do bar começava a servir Lúcia. Hoje não, tem o que mais forte? O rapaz riu, mais forte que uísque? Tem absinto, aquela garrafa ali. Apontou para uma garrafa verde esquecida na última prateleira do bar, chamam de bebida das fadas. Lúcia sentiu o cheiro denso de anis. Tomou de um respiro o primeiro copo e pediu outro. Dito se aproximava, mas parou por um instante. Nunca te vi assim. Lúcia se afastou para que ele visse seu vestido novo, vermelho estampado, e seu cabelo cortado na altura dos ombros. Assim como? Antes que Dito a elogiasse, o porteiro do Casarão apareceu de trás do bar. Dito, tem gente demais na porta, vai dar confusão. Dito olhou para Lúcia. Ela conhecia suas urgências.

Lúcia bebia com pressa, tentando achar sua medida de euforia. Sentia o absinto encher seus pensamentos de coragem. O samba descia forte. Com os punhos cerrados no peito, cantava enredos tristes embalados pela batucada. Chocalhos entre os rostos, ressoando nos ouvidos. A luz da tarde pintava no chão sombras, braços erguidos ao céu, pés desobedientes que teimavam em não se assentar. Lúcia sorria sem amparo, tentando espaçar no tempo toda alegria. Marcava os copos na mão, o balançar das bebidas, a intenção dos olhares, o braço rígido resplandecendo a palma no pandeiro. Onde estava Dito? Suspeitava que uma força misteriosa os impedia de se unirem. Eram sempre interrompidos, como no dia de contação das estrelas, por um evento aleatório que parecia ordenado pelo divino. Pediu mais uma dose.

Dito chegou e encontrou Lúcia cambaleando, tentando controlar seu corpo desobediente. Parecia ter perdido toda a força. Sua boca dizia coisas que não pensava ou impossíveis de compreensão. Empenou-se na cadeira do bar. Dito ofereceu água de coco, sanduíche, mas Lúcia parecia não escutar. Esboçou duas ou três palavras que não conseguiu articular. Frustrou-se com sua incapacidade e, quando tentou se levantar, tropeçou e caiu. Teve dois segundos de vergonha antes de apagar.

Os braços pesavam, as pernas pesavam, o corpo imóvel. Só conseguia movimentar a cabeça, pendulando, de um lado a outro, com receio de que morresse engasgada com um vômito. O corpo quente evaporava na pele o anis da noite anterior. A cabeça doía aguda, indo e voltando, como um som alto que não se ouvia. Ainda não abrira os olhos, mas deduzia, pela luminosidade da janela, que não estava em seu quarto.

O lençol molhado marcava seu corpo no cômodo pequeno e sem cortinas. Escutou a água descer do vaso e o destranque da porta do banheiro. Dito surgiu, de banho tomado, pronto para sair, bom dia, você tá bem? Lúcia não soube responder e Dito seguiu apressado até a porta, tenho que ir, mas depois a gente conversa. Todas aquelas palavras saíram rápidas demais. Suas lembranças eram vagas, do samba no Casarão, de quando ela e Dito se abraçaram. O vômito subiu pela garganta. Só conseguiu correr até o vaso. Ouviu a porta do quarto batendo.

Lúcia notou o vestido vermelho novo jogado no chão e então percebeu que estava de calcinha e uma camisa branca apanhada que não era sua. Desconfiada, procurou qualquer resquício de Dito no corpo. Sentada na cama, recolheu a cabeça entre as mãos, foi diminuindo, apequenando, até não querer mais existir.

Quando chegou em casa, jogou fora a roupa da noite anterior e não saiu mais. Vasculhou os livros da mãe procurando palavras de consolo. Achou que não conseguiria localizar nas tragédias de Shakespeare nenhum alívio, até que encontrou em Macbeth o trecho marcado que imaginou saindo da boca da mãe. "Coisas sem remédio devem ser deixadas sem preocupação: o que está feito, está feito".

Nos dias seguintes, seus olhos garimpavam o rosto de Dito em todas as salas, nos pátios e corredores. Não o encontrou no Casarão, nos bares habituais, nem quando tentou falar com ele por telefone. À noite, em seu quarto, revirava no lençol tentando encontrar posição de conforto. Precisava saber se quando o encontrasse ele a encararia carinhoso ou disfarçaria um rosto constrangido. Seria vergonha ou culpa o que restaria no seu olhar?

Gente e barulho preenchiam o Casarão, jorrando por todas as portas e janelas. Uma multidão se comprimia ao redor do palco. Lúcia procurava Dito, abria passagem com o peso do corpo, alheia a qualquer agravo que causava. Nunca tinha visto aquelas pessoas. Em meio a tanta gente, quase não enxergou a menina preta subir no tablado. Avistou Marlene próxima do bar e conseguiu chegar perto o suficiente, você viu Dito? Marlene a ignorou.

Lúcia rodou todo o Casarão. Não escutava o samba e nem sentia os corpos que lhe obstruíam. Enfim avistou Dito perto do palco, tentando controlar a avalanche de pessoas que se aglomeravam no átrio. Partiu em sua direção, misturou o seu suor com o de muitos corpos, o calor condensado na testa e as forças que lhe empurravam de volta. Alcançou o palco e esticou o braço para chamar, Dito! Não dá pra falar agora. Lúcia se espremia pequena, comprimida pela multidão, mas eu preciso falar com você, Dito, preciso saber por que você sumiu, o que aconteceu? Ele olhou para Marlene, que de longe o repreendeu. Você não tá vendo o caos que tá isso aqui hoje? Marlene se aproximou de Dito e gritou algo. Já não havia espaço e todos se sufocavam apertados no pátio. O público se esgoelava imóvel, presos uns aos outros. Você tem que ir Lúcia, nada aconteceu, só sai daqui, por favor!

Um clarão se abriu no centro do átrio onde dois homens se atracaram. Lúcia ainda pôde apanhar a manga da camisa de Dito e viu ele se desvencilhar. A multidão inflamada desabelhava sem direção. O samba parou, e os gritos alimentavam o desespero das pessoas que não conseguiam sair do lugar. Cadeiras, garrafas e mesas eram instrumentos de agressão; o Casarão se desfigurava. Enquanto tentava sair, Lúcia viu uma lata cheia de cerveja atingir a cabeça de Marlene. O sangue desceu, formando um par de rios da testa à curvatura final do rosto. Dito tentou estancar o fluxo e acariciava espantado o rosto molhado, vermelho, fica calma amor, vou cuidar de você. Beijou Marlene e partiu atrás do agressor. Lúcia quis alcançar Dito, mas foi atropelada por um rapaz que lhe derrubou os óculos. Teve a reação de agachar para pegá-los e tropeçou. Caçou o par de lentes, doída no chão. Quando conseguiu erguer novamente o rosto, Dito espancava o rapaz desfalecido.

O conflito se alastrava. A multidão se atropelava e se dispersava num formigueiro violento, procurando alguma saída. Lúcia, imobilizada pelo medo, de repente sentiu uma mão pesada lhe puxar. O ímpeto de tirar o braço não lhe veio. Correram juntos por alguns metros, ele a conduzi-la, desviando de corpos e barulhos, até pararem, ofegantes, na rua ao lado do Casarão. Michel perguntou se ela estava bem e Lúcia precisou erguer o rosto para alcançar os olhos daquele homem tão alto.

Michel tinha ido poucas vezes ao Casarão do seu pai, Tobias. Só foi conhecê-lo de verdade quando o pai faleceu. Seu Tobias não gostava que Michel frequentasse seu local de trabalho. Preferia separar seus mundos e ser duas pessoas diferentes, uma em casa e outra no ofício. Nos afazeres dos seus negócios, Seu Tobias era implacável, meticuloso nos detalhes, arrojado e inventivo, uma força avassaladora. Em casa, por cansaço ou enfado, Seu Tobias falava pouco.

Ainda jovem, Seu Tobias comprou o Casarão para fundar uma pequena indústria que transformava partes de animais em xampu. No início, custou a acreditar na tecnologia, imaginou um xampu nojento, com babas colagenadas de vacas. Depois, comprovou o processo químico e restos putrificados de animais se tornavam xampus cheirosos. Ficou tão fascinado que nem cogitou a rejeição. É nojento, respondiam as clientes, explicando o fracasso nas vendas. Assim que a fábrica faliu, aproveitou o Casarão para começar um restaurante, e quando este também fechou, continuou criando ali novos empreendimentos. Mantinha a mesma equipe, que passava por treinamentos e ganhava uniformes para cada nova função. Operadores de máquinas, garçons, cabeleireiros, marchands. Um dia, contabilizou a sequência de negócios fracassados, calculou quantos anos levaria para chegar aonde queria e concluiu que não havia mais tempo.

Michel tinha vinte e seis anos quando um carro escuro de marca importada parou em frente ao Casarão. Da porta traseira, saiu uma senhora com rosto carregado de pintura, volumes bem distribuídos, ornada de ouro e cetim. Marlene entrou no Casarão e vistoriou cada espaço, minuciosa, com uma cara entortada de nojo, como se tudo a nauseasse. Tocava nas paredes, constatando a poeira repousada, e parecia tentar avaliar com as mãos a solidez da construção. Quero comprar, mas não tenho como pagar de uma vez. Pago em sessenta parcelas. Michel não tinha outras ofertas e precisava do dinheiro para começar um novo negócio em outro local.

No dia da confusão, Michel foi coletar com Marlene mais uma parcela da venda. Os pagamentos estavam atrasados, mas ela sempre o convencia de que quitaria toda a dívida no vencimento seguinte. Marlene gesticulava, chacoalhando as pulseiras do braço, as pessoas desse lugar não têm dinheiro, como é difícil manter uma casa neste padrão, mas você é um jovem atencioso, obrigada, não se preocupe, vai dar certo, liquido tudo no mês que vem. Michel ficava fascinado pela sua espontaneidade e era incapaz de demarcar os limites da sua paciência. Na última conversa, depois de um ano sem pagamentos, ele sugeriu que, se ela não quitasse a dívida, infelizmente, teria que retomar o Casarão. Por sorte, o samba ficou conhecido e a casa começou a lotar.

Michel encontrou Marlene no escritório, no segundo andar. Pela janela, pôde ver o átrio lotado e pessoas se apertando em frente ao palco, não acha que tem gente demais? Ela lhe entregou dois maços de notas que acabara de retirar da bilheteria, você não quer receber seu dinheiro? O tumulto aumentou e Michel logo escutou chamarem por Marlene no palco, em um tom que o fez ter pressa de ir embora. Contou as cédulas e, quando saiu, uma briga quebrava no salão principal. Colocou o envelope com dinheiro na cintura e procurou atalhos, bolsões de calmaria, por onde pudesse sair. No caminho, se deparou com uma moça que parecia não pertencer àquela confusão. Ele a alcançou e segurou seu braço, abrindo passagem para saírem.

Você veio para o samba? Lúcia quis saber. Michel não sambava, não, nem gosto de samba. Estavam do lado de fora do Casarão, sentados na calçada mais adiante, distante do tumulto. Lúcia não teve tempo de pensar em Dito, em Marlene, no samba ou na briga. Sentia no braço a sua força, as mãos grandes, lhe dando a proteção que desconhecia. Depois de hesitar, acatou a oferta de Michel de levá-la em casa. Ele tentou pousar as mãos sobre as de Lúcia, logo antes de despedir-se, vamos sair amanhã. Ela rechaçou o gesto, mas aceitou o convite, movida mais pela gratidão do que pela vontade.

No dia seguinte, Lúcia encontrou Michel em um café perto da faculdade. Você estudou aqui também? Ele acendeu um cigarro. Estudei tem tempo, uns dez anos, mas larguei depois de um semestre. Sabia o suficiente, era perda de tempo. Michel tragou longamente o cigarro sob o olhar de Lúcia, que aguardava que completasse o raciocínio, mas ele logo mudou de assunto. Comecei uma empresa de carimbos esse ano. Lúcia fingiu interesse, faz todo tipo de carimbo? Por enquanto só os de madeira. Quero fazer também os elétricos, os datadores e os automáticos. Com uma sutil indiferença no olhar, Michel parecia falar de qualquer tópico como se soubesse todas as respostas, tentando manter, apenas por ser mais velho, uma pretensa superioridade. Depois de um tempo, já não tinham mais perguntas, ficaram calados, só juntos. Para Lúcia, esse silêncio era quietude, lembrava o afeto reservado do pai, aquele imenso vazio.

Todo o apartamento de Lúcia cabia numa vista: a pequena cozinha, o banheiro e o sofá da sala onde se esticava naquele sábado à tarde. Preferia o cômodo escuro, apenas um pequeno abajur a clarear seus livros. Não achava muita graça em sair por aí sem propósito, ver as famílias perambulando pelas ruas, o sol quente rebatido no asfalto. Antes do sábado terminar, desejava que a segunda-feira chegasse.

O interfone tocou e Lúcia afastou um pouco a cortina. Lá embaixo Michel, encostado em um carro luxuoso, fumava com a mesma pose triunfante olhando pra cima. Do alto, teve a impressão de que o cabelo de Michel, sempre molhado e bem espalhado, escondia uma calvície precoce. De imediato, não teve vontade de encontrá-lo, mas Michel sorriu e Lúcia achou que talvez devesse. Teve tempo de recolher as roupas em cima do balcão da cozinha e colocar na pia as xícaras sujas de café. Passou uma escova no cabelo e colocou a mesma calça jeans que usava para ir à faculdade.

Estava passando aqui, e pensei, por que não? Por que não? Ela repetiu. Lúcia encostou-se afastada dele no capô do carro, incomodava-se com a fumaça, enquanto Michel terminava lento o cigarro. O automóvel não parecia tão novo. O banco laranja aveludado e murcho, o painel adesivado imitando madeira e os diferentes retoques na pintura davam ao carro a impressão de ter sido desmontado e remendado muitas vezes, sobrevivido muitos anos além do que deveria. Esse carro é seu? É de meu pai, quer dizer, era de meu pai, depois que ele morreu ficou pra mim. Sinto muito, Michel, ele estava doente? Não, quer dizer, morreu doente, não era doente. Era uma alma complicada. Michel abaixou a voz, meu pai achava que podia alcançar qualquer sonho, não temia nem hesitava, parecia transitar num futuro certo, previsto apenas por ele. Só que a vida lhe derrubou muitas vezes, como quem monta, sem saber, um cavalo arisco. Caiu e levantou, seguiu tentando, até que cansou e desistiu, se afastou de todos. Comovida, Lúcia teve vontade de consolá-lo. No entanto, evitou aprofundar o assunto. E seus pais, ainda estão vivos? Lúcia achou que soaria ingênua ou maluca se lhe contasse a história da sua família e dos seus olhos. Minha mãe morreu quando eu era pequena, mas meu pai é vivo, não nos falamos muito. Você brigou com ele? Não, só nos afastamos.

Lúcia sentiu um chuvisco fino espetando sua pele e convidou Michel para subir. Fique à vontade, disse, enquanto fingia procurar na geladeira vazia algo para oferecer. No armário encontrou um saco de pipoca, pode ser? É só o que tenho. Com o balde de pipoca no colo, Michel sentou no sofá e por um instante esqueceu que estava no apartamento de Lúcia. Pegava, com a ponta dos dedos, os flocos mais gordinhos e branquinhos e, com cuidado, posicionava-os espaçados, um a um no piso da língua. Esperava acumular cinco ou seis grãos na boca e só então mastigava cheio.

A chuva engrossava. Ao fechar a janela, Lúcia avistou do outro lado da calçada uma família passeando com um buldogue velho e cansado, que se arrastava sem suportar seu peso. A criança segurando o cão caminhava mais lento, ficava para trás. A família parava, esperando que ele os alcançasse e, mesmo encharcados, se distraíam sem pressa. As pessoas são mais felizes quando não percebem o tempo passar, não acha, Michel? Acho que sim, não penso muito nessas coisas.

Todos os sábados o interfone seguiu tocando no mesmo horário. Michel estacionava na frente do prédio, e gesticulava sorrindo sua urgência em revê-la. No início, Lúcia não criava ansiedade ou expectativa. Fingia não ter nada programado e agia com surpresa quando ele a chamava da calçada. Por muitas vezes hesitou em encontrá-lo, pensou em lhe dizer que não viesse, mas nunca encontrou justificativa. Talvez se acostumara ao barulho da pipoca, uma presença que fosse. Todo sábado ele aparecia, e, sem perceber, Lúcia passou a esperá-lo.

No dia em que Michel não apareceu, Lúcia interrompeu sua leitura no quarto, puxou o banco da cozinha e ficou parada ao lado do interfone. Abrira a cortina algumas vezes, primeiro discreta e depois escancarada. Não marcara nada, nunca marcavam, não podia estar atrasado. Será que falei algo indevido? Essas conversas espontâneas, a gente acaba caindo no desnecessário. Basta uma bobagem, um detalhe truncado e hesita-se antes de dar partida no carro, recua, melhor não. Lúcia temia não compreender todos os significados das breves ausências e dos pequenos gestos e se ver perdida, como se sentira com Dito, procurando respostas ou alguém que as tivesse. O dia se esticou mais do que nos sábados tediosos. Lúcia tentou, em vão, continuar a leitura do livro. O cheiro da manteiga derretida na pipoca empesteava a casa. Olhou pela janela e a calçada estava vazia.

O interfone só tocou duas horas depois. Desculpa, estava tentando encontrar uma peça nova pro radiador, não é fácil achar as partes desse carro. Ao chegar no apartamento, Michel suava mais do que o usual para um dia chuvoso. A camisa o apertava, o tecido quente e desconfortável, nem deu bom dia, eu falei pro mecânico, ele não terminou o serviço direito, não sabe o que tá fazendo. Quando eu ganhar mais um dinheiro, vou trocar de carro e parar de gastar nessa porcaria de oficina. O resmungo incessante de Michel ocupou toda a sala, mas Lúcia ria das suas rabugices. Senta no sofá, fiz uma pipoca para você. O ruído da televisão ligada devolveu ao sábado sua normalidade. Lúcia entregou o balde de pipoca para Michel, fechou a cortina da sala, pegou seu livro e acendeu o abajur.

Os sábados passaram a ser também terças e quartas, e quintas e sextas e domingos, a cortina fechada, a pipoca no balde, a televisão ligada, era a vida. Michel passou a ser todos os dias, o outro rosto no espelho, a roupa suja no chão, o segundo prato na mesa. Depois de três anos, quando ele a pediu em casamento no mesmo apartamento em que a visitava, Lúcia não queria mais se lembrar das estrelas que contou ao lado de Dito, do absinto, das angústias e dos despropósitos, das noites perdidas no samba.

Poucos meses após o casamento, Michel e Lúcia estavam de mudança pronta. A Casa do Morro parecia inacabada. Os cômodos que tinham piso não tinham porta, os que tinham porta não tinham piso, paredes faltavam e um buraco de cimento cavado no chão do jardim seria a piscina. Na área de serviço, o acabamento da alvenaria fora interrompida na altura do joelho, sem reboco ou pintura. Parecia que a casa fora construída por um homem só, que decidia toda manhã, sem discernimento ou critério, qual pedaço faria naquele dia. Michel salpicou alguns móveis pela sala e fingiu não se incomodar com o eco constante que assombrava aquele espaço vazio.

A propriedade possuía dimensões antigas, da época em que se passava mais tempo em casa. O pé direito alto e as portas de vidro que se abriam para o jardim ofereciam uma amplitude desregrada. As diferentes alturas do teto e a constância do vento nos quartos produziam um chiado baixo, um sussurro contínuo que só cessava em dias de chuva. Na sala, o silêncio era revestido por um sopro feroz e discreto que atacava dia e noite. Lúcia sentava na poltrona e contemplava os espaços desocupados, as paredes nuas. Fantasiava prateleiras cheias de álbuns de fotos, sofás desgastados de conversa, tapetes manchados de distrações. Era no vazio da casa que Lúcia acomodava seus sonhos.

Da sala de televisão, Lúcia ouviu uma buzina e, ao olhar pela janela, Michel a esperava apoiado em um carro novo. A pequena empresa de carimbos prosperava e ele se permitiu um carro mais caro do que o adequado para suas economias. Lúcia desceu e juntos atravessaram a rua, onde podiam contemplar o carro, que destoava do asfalto machucado da rua e da casa inacabada. Olha o tanto que a gente conquistou. Lúcia apenas sorriu e abaixou os olhos. O fato de Michel ser mais velho dava à Lúcia uma precipitada impressão que estavam avançando na vida mais rápido, que suas conquistas eram fruto do mérito do marido. Depositava a sua vontade naquela imagem promissora, queria aquele futuro previsível, a mesma felicidade suburbana que contemplava pela televisão.

Lúcia estava na Casa do Morro quando recebeu a notícia de que o pai tinha morrido. Para ela, ele já era um ponto de luz distante na memória. Geraldo morreu aos poucos em sua vida, quando ela nasceu, quando Marta se foi, quando deixou o sobrado. Lúcia avisou Michel e, antevendo sua indisposição para acompanhá-la, pediu para ir sozinha. À medida que o carro se aproximava da entrada do sobrado, ansiava por avistar alguma alma que a acolhesse ou que se juntasse ao seu lamento. Não viu ninguém.

O sobrado era pequeno, mas vistoso. Possuía um teto alto que não se alcançava com medida de vassoura esticada e uma escada recortada em três lances para o segundo andar. No piso inferior, uma sala de estar, cozinha de grandes proporções e dois pequenos cômodos que guardavam objetos em desuso. No andar de cima, três quartos e um gabinete cuja porta não se abria. Por dentro, tudo estava estragado e sujo, a casa entregue ao próprio arruinamento. Os poucos funcionários que ficaram quando ela foi embora para a cidade grande tinham partido. Ficou apenas Dona Maria, conhecida como Maria Louca, cozinheira desde os anos do seu bisavô, que, por pensarem ser louca, a deixavam ali, sem coragens de alterar seu rumo de vida.

O caixão foi velado na sala de casa, apenas o suficiente para a chegada de Lúcia e para os preparativos do enterro. Lúcia contou três pessoas: ela, Maria Louca e Aurísio, antigo administrador da fazenda. Na sala, um ventilador de piso virava de um lado para o outro, pincelando no ar corredores invisíveis de vento. Aurísio contratou três homens para cavar um buraco ao lado do túmulo do bisavô e de Marta, detrás do curral velho. Lúcia se aproximou do corpo pálido do pai, acercou o rosto, procurando registrar pela última vez seus contornos. Estava inchado de bebida ou de morte, o corpo todo estufado. Não quis lhe tocar ou acariciar, mas achou que deveria. Inclinou sua cabeça no sentido da sua face. Cheiro de jaca.

Depois do enterro, Lúcia fez o caminho de volta ao sobrado, sentindo as pontadas de uma garoa nos ombros, e tentava estimar se aquele silêncio era o mesmo que acompanhava toda morte ou apenas o vazio que antecede as trovoadas. Tomou um banho quente, trocou a roupa molhada e desceu para a sala onde Maria Louca a esperava para servir o jantar. Lúcia pegou a velha cristaleira de uísque, serviu uma dose e sentou-se na poltrona, retomando um ritual do pai. Lamentou alto, sem notar as palavras saindo, meu pai viveu triste, coitado, nunca foi feliz.

A tempestade isolava o sobrado, convidava para longas conversas. Seu pai já foi feliz de espalhar, de não caber só nele. Ele mudou depois que levou uma surra do seu bisavô no dia que quis se meter no gabinete. Maria Louca dirigia-se a ela com a mesma intimidade com que falava com seu pai ou seu bisavô, continuando uma conversa que transcendia gerações. E o que tem nesse gabinete que ninguém entra? Maria se aproximou de Lúcia, quis segredar a resposta, dando a impressão de não estarem sozinhas. Dizem que lá estão os documentos do acordo do seu bisavô. Lúcia a perscrutava descrente. Que acordo, mulher? Acordo com O que-não-se-fala. Tá doida, Maria? Diabo não existe.

Maria Louca contou que quando Geraldo nasceu, órfão de pai, seu avô Virgílio o adotou e parecia ter renascido depois de uma longa melancolia. Eram semelhantes de jeito e de aparências e Doutor Virgílio decidiu preparar Geraldo para sucedê-lo em tudo, menos no seu destino. Lado a lado, rodavam os pastos, cruzavam as cercas do prado velho e faziam planos audaciosos. Geraldo entreouvia os relatos sobre o trato do avô com o oculto, mas sempre que lhe era perguntado, Doutor Virgílio desviava do assunto ou fingia incompreensão. Geraldo assentia, por respeito, sem estender a conversa.

Mais velho, arquitetou plano para adentrar o gabinete à revelia do avô. Esperou Doutor Virgílio dormir, atravessou o corredor até a porta e virou a maçaneta com cuidado para não ranger as dobradiças. Naquela época tudo era mais silêncio e se escutava respiração à distância do que não se via. Doutor Virgílio parecia ter a mesma maçaneta cravada no peito e sentiu quando Geraldo abriu a porta do gabinete. Partiu furioso pelo corredor e o encontrou ainda entrando, sem ter visto nada. Naquela noite Geraldo apanhou muito, como não se apanha sem morrer. A ira de Doutor Virgílio se alastrou em seu corpo, o suor do braço se misturava às lágrimas. Doutor Virgílio batia com raiva de dentro, descontrolado, a dar lição em Geraldo, e chorava e gritava, parecendo flagelar a si próprio. Cinto, pau, cadeira, a surra durou até a manhã seguinte. Geraldo passou mais de mês se recuperando, deitado em cama que Doutor Virgílio não quis ver. Ganhou um olhar apático, como se as chibatadas do cinto tivessem rasgado sua alma e a decepção com seu avô tornasse impossível alguma felicidade. Só voltou a sorrir quando encontrou Marta na cidade chupando jaca.

Lúcia nunca escutara história parecida. Assumia que o pai fora triste de nascença, criado soturno. Na família Sadovita, as verdades eram rio rompendo por entre o subterrâneo, um turbilhão abafado percorrendo gerações. Lúcia era pessoa além do seu próprio entendimento, a mesma história transcorrida no tempo, o passado vivo dentro dos seus olhos. Maria, por que não trabalha comigo na cidade? Se ficar aqui sozinha, vai criar mais histórias do capeta.

Desceu? Todo mês Michel perguntava à Lúcia se sangrara. Dez anos mais velho que Lúcia, tinha pressa em avançar no roteiro de vida. Não saberia explicar por que queria um filho, mas se empenhava tal qual fosse uma obrigação atrasada. Controlava as datas de Lúcia e se deitava nos dias certos, às vezes por mais de uma vez, pedindo-a que, depois da relação, repousasse de ponta cabeça, para facilitar fluxo da fecundação. Lúcia não estava certa de ter filho, temerosa da sombra ancestral que a perseguia. Sentia-se incapaz de mudar os rumos da natureza e achava que qualquer decisão por vontade própria poderia ser emboscada dos seus olhos para torná-la mais triste. Optou por seguir curso normal da vida, boiando em seu rio, deixando-se levar pela correnteza e pelas escolhas que Michel fazia. Um dia, sabendo que Michel ia perguntar se tinha descido, Lúcia apenas sorriu.

Durante a gestação, Lúcia sentia as dores que acreditava serem do feto tentando romper suas ancas, forçando, com os pés, o seu ventre para sair. Passava o dia enjoada, sem disposição para levantar da cama ou para pensar no bebê. Michel passou a viajar com mais frequência e, mesmo quando estava em casa, Lúcia preferia ficar distante. Detestava o cheiro das mangas que Michel pelava finas e reagia alérgica ao seu toque. Cansara de dizer a Michel que não se sentia bem. Não se preocupe, é uma fase, lembre da alegria maior que está chegando. Em seguida, ele perguntava se já comprara o enxoval, se arrumou o quarto, você precisa se preparar para ser mãe. Lúcia não encontrou nas tragédias de Shakespeare conselho útil e a ausência da mãe agravava seu mal-estar. Desejava-a ao seu lado lhe dando garantias, já passei por isso, vai ficar tudo bem, não se preocupe com Michel, os homens sempre ficam mais ansiosos antes do parto.

No oitavo mês de gravidez, Lúcia já não saía da cama. Aguardava a chegada de Timóteo, e se lembrava com nostalgia da vida antes dele. Nos últimos dias da gestação, Lúcia não aguentava as dores e o cansaço que a faziam desfalecer seguidamente. Seus olhos despertavam com as pontadas repentinas de dor e fechavam quando eram insuportáveis. Nos exames médicos não havia nada que justificasse tamanho sofrimento.

Na sala de parto, entre médicos e enfermeiros, Lúcia movimentava os pés sem parar e pedia que a anestesia não os adormecesse. Queria senti-los, ter certeza de que depois que seu filho nascesse levantaria daquela cama. Não seria aquele parto um nascimento e uma morte, um sentimento ambíguo, como havia sido com sua mãe. Perguntava todo o tempo se seu coração pulsava como deveria, se seriam batidas mais fracas de indiferença pela vida. Michel assistiu às cenas do parto calado, ouvindo os gritos lacerantes de Lúcia. Deixava-a espremer seus dedos com brutalidade e tentava suavizar as marcas de tensão do rosto para confortá-la.

Lúcia sentiu seu corpo abrindo, os médicos remexendo seu interior quando, de repente, todo movimento cessou e um silêncio tomou conta da sala. Lúcia escutou o vagido, mas não teve tempo de sentir alívio, Timóteo já reclamava seu colo, e ela também desejava tê-lo nos braços. Todas as suas partes queriam senti-lo. Os olhos dele ainda se comprimiam, resistiam à luz. Com um pedaço de algodão molhado, a enfermeira limpou a cera branca que cobria o rosto de Timóteo. As pálpebras se afastaram revelando a íris azul e suas labaredas brancas, semelhantes a fios revoltos por uma rajada furiosa.

Lúcia notou as lágrimas embaçando a vista de Michel, que acariciava com a ponta do dedo indicador a pequena mão de Timóteo, curvada em concha. Por um instante se comoveu e fantasiou como teria sido essa mesma cena quando nasceu, mas tudo o que viu foi a tristeza do pai ao saber que Marta nunca mais se recuperaria. Que provações aguardam meu filho? Conseguirá suportar toda desgraça? O destino é grande demais, cobre todas as rotas e planos, está dentro da gente, as cenas gravadas nos nossos olhos, desde que nascemos.

Já em casa, ao chegar no quarto de Timóteo, Lúcia encontrou o berço desmontado no chão e as poucas roupas que comprou ainda na embalagem. Sob o olhar vigilante de Michel, pôs-se a montar o berço e improvisou o banho com um balde de cozinha. Depois de secá-lo, tentou sentir o cheiro de Timóteo. Vai ver só, lhe diziam, o amor materno nasce no cheiro. Procurou o perfume que despertaria seus instintos, o desejo de culpa que lhe faria mãe. Mergulhou o nariz em cada dobrinha, inspirou fundo em seu pescoço, mas não percebeu nada. Fungou sua barriga, debaixo dos braços, cheirou de novo, nada.

À noite, Lúcia tentou acalmar o choro desesperado de Timóteo, mas não sabia cantar como as mães. Chamou Michel, que sequer levantou, tinha trabalho e muito sono, não podia perder noite. O pranto de Timóteo era uma tromba d'água, devia ser fome ou cólica, os barulhos da rua, calor ou frio. Doía o leite descendo, o útero murchando, o mamilo era só a ponta de um rachado que ia todo para dentro. E quando enfim o tirava do peito, podia ver a pelezinha do ardido colada em seus pequenos lábios. Aos vinte dois anos, Lúcia pensava, não era tão mais velha do que ele.

Na semana seguinte pediu a Maria que tomasse conta de Timóteo. Descansou toda a manhã e saiu com uma lista para comprar a banheira, fraldas e o restante do enxoval. Ao voltar, dispensou a moça contratada para ajudar com a criança, e não permitia que ninguém, senão ela, o carregasse, banhasse ou lhe desse de comer. Quando chorava, obrigou-se a cantarolar a primeira melodia que viesse à mente e aprendeu a enfrentar as noites, sem gracejos ou lamentos, suportando que seu corpo se destruísse na boca do filho.

Ao fim da amamentação, pousava ele dormido na cama, satisfeito, e, no espelho, untava com pomada o esfolado do mamilo. Com paciência, esquentava a água, checava repetidamente a temperatura e enfileirava no nicho da banheira o xampu, sabão e óleo de banho. Com uma pequena cuia, despejava a água nos cabelos de Timóteo, desejando o mesmo morno a escorrer pelo seu rosto. Poderia ser ela aquele bebê, na placidez da água, sendo banhada por sua mãe. Sentiria sua indiferença ao carregá-lo sem jeito ou ao deixar a água arder em seus olhos? Perceberia seu desamor quando ignorasse seus prantos além do que faria uma mãe cuidadosa?

Lúcia convivia com a sensação de estar sempre esquecendo algo, culpava os hormônios, e pensava em Timóteo como a fralda por comprar, as roupas que pareciam encolher naquele corpo minúsculo e o despertar cansado nas noites sem fim. Incapaz de guardar memórias, repetia para si os mesmos afazeres, se estava limpo, se untara bem as dobras, se arrotara depois do leite. Mesmo nas refeições, não conseguia processar as palavras de Michel, que soavam como ruídos carregados e irrelevantes. Michel percebia a devoção exagerada de Lúcia, sei que deve estar preocupada com aquela história dos olhos azuis, mas aquilo é uma bobagem. Você não vai entender nunca, Michel, você não gosta de pensar nessas coisas. Lúcia não queria que o filho carregasse seu fado. Tinha um plano de passar pela maldição despercebida. Discretamente, se permitiria ser um pouco mais feliz do que o pai, de forma que o destino não notasse. Prepararia o filho para que também fosse mais feliz que ela, e assim por diante, gerações de marginal felicidade. E um dia, quando os netos dos seus netos abrissem os olhos, talvez já não importasse a cor das suas íris.

Timóteo! Cuidado para não cair. O berro de Lúcia desconcertou o menino, que se equilibrava numa árvore no quintal da casa. Usava um short que parecia pequeno para seus cinco anos, uma camisa regata e uma bota amarela de borracha. Ao se virar para olhar a mãe, perdeu o equilíbrio e despencou de lado, desamparado na madeira dura da cerca. A dor da perna subiu até a goela. Lúcia, que o observava desde a varanda, correu, carregou-o nos braços e tentou consolá-lo como se tivesse caído por lhe faltar carinho em vez de equilíbrio.

Todas as férias, Lúcia levava Timóteo à fazenda, para que inspirasse o ar ingênuo do campo, marcasse o couro do pé com o marrom do barro, vagueasse por terras sem fim, guiado pelo cheiro do mato. Pretendia que ele tivesse a felicidade que um dia pensou ser dela, trepando nos cajueiros, montando cavalos e correndo errante atrás de galinhas. No quintal, colocava Timóteo em cima das árvores, apoiando-o no tronco principal, e indicava quais galhos pareciam fortes para que ele se pendurasse.

Quando se afastou para dar-lhe a sensação de autonomia, o acidente aconteceu.

Lúcia olhou ao redor e não encontrou ninguém a quem pedir ajuda. Parecia não reconhecer mais aquele quintal amplo de terra concretado pela seca, destacado do resto da fazenda por cercas baixas que, quando sua mãe lá vivia, eram brancas e românticas, e agora eram soturnas e manchadas de fungos pretos. Atravessou Timóteo nos ombros e o carregou para o sobrado.

A pancada pariu uma mancha na coxa de Timóteo, que gritava tentando expelir toda dor que sentia. Lúcia o deixou em uma poltrona da sala e subiu as escadas, saltando degraus, para encontrar algum remédio que aliviasse sua dor. No segundo andar, escutava nas lembranças seu pai reclamando de seus passos nas tábuas soltas do corredor e, mesmo com a urgência, pisava tentando não fazer barulho. Entrava nos quartos desocupados, com camas sem colchão, abrindo as gavetas com truculência. Nos banheiros, encontrou tudo vazio e os espelhos quebrados, como na sua infância. O último cômodo do corredor ficava mais distante, separado dos dormitórios, e nesse não entrava.

Ao descer as escadas com a caixa de medicamentos, Lúcia escutou Timóteo chamar pelo pai, a quem não via há uma semana. Seu pai está trabalhando, mas deve vir na quinta. Ele não poderia escutar o que se passava na cabeça da mãe. Desde que nasceu, Lúcia se dedicava a Timóteo, lhe sobrando pouco tempo para outros afazeres. Não se lembrava da última vez que tinha saído com Michel, se maquiado ou perfumado, vestido uma roupa nova e partido para rua, cedo ou tarde, sem preocupações. Timóteo seguia a chamando, a dor parecia lhe esticar a perna, rasgar seus músculos. De dentro do velho estojo, foi tirando os remédios, todos vencidos há mais de dez anos.

Há algum tempo, Michel parecia infeliz. Sua empresa, outrora próspera, definhava e por vezes passava dias sem regressar à casa, alegando compromissos distantes. Antes de dormir, Michel passava muito tempo no banheiro. Não se escutava barulho de água corrente, da pia ou do vaso. Ficava sozinho em silêncio, retirado do mundo no único local de resguardo possível. Lúcia evitava questionamentos e, por dúvidas e por receio, foi se retraindo, assistindo passivamente ao próprio afastamento, o crescente hiato entre dois barcos à deriva. Mas Lúcia não tinha tempo para pensar nisso. Abriu o frasco de remédio vencido e deu para Timóteo uma dose suficiente para que se acalmasse até a chegada do médico.

Timóteo passaria o restante das férias sozinho com a mãe, se recuperando da fratura no fêmur. Instalou-se no quarto que foi de Lúcia e leu os mesmos livros da infância dela. A perna esquerda ficou mais pesada que a direita, apegada ao chão, seria carregada pelo resto da vida em um leve arrasto que causaria estranheza em quem via. Sua condição lhe permitiu aproveitar um período mais tranquilo, sem a constante pressão da mãe para que ele fosse feliz. Sem a companhia de Michel, cada vez mais ausente, sentiria também outro desbalanço, o arrasto carregado, o caminhar descompassado dos pais.

Timóteo estava pronto para ir à escola, comia obediente pão com ovos, quando Michel entrou em casa. Estranhou aquela chegada. Seu pai sempre descia as escadas cheiroso de banho e agora surgia da rua com a roupa amassada como um jornal lido. Lúcia parou no meio da escada, intimidada por aquela cena que destoava do colorido dos pratos e do frescor do suco de laranja na mesa do café da manhã. Michel caminhou em direção às escadas com a mesma roupa que havia saído na manhã anterior, o cabelo mal-amanhado e as solas dos sapatos manchadas de vermelho.

Lúcia disfarçou o mal-estar e lhe ofereceu um café. Abriu a gaveta, pegou a colherzinha de açúcar, verteu o café na xícara e se aproximou de Michel para servi-lo. Ela nunca reparara como aquela camisa estava velha e suja. Não notara as manchas de lavagens malsucedidas, os borrões do tempo inventariados no tecido. Também não tinha se dado conta de como Michel envelhecera. A barriga dura empurrava a camisa para fora e testava a elasticidade da trama. Ramalhetes de pelos proliferavam no nariz e nas orelhas. A gordura derramada sob os olhos, o amarelado incrustado nos dentes, os sinais de uma pele maltratada. Serviu o café, mas não conseguiu trocar nenhuma palavra. No caminho à cozinha, visualizou com nojo aquela carcaça de homem a perfurar seu corpo. Seus braços para fora da cama, imóveis, seus olhos fixados no teto em uma espera do alívio. Não conseguiu disfarçar sua náusea.

Só depois que Timóteo saiu para a escola, Lúcia conseguiu organizar sua raiva. Podia apalpar aquele ódio, apertá-lo com as mãos, esmagando-o em pedaços. Queria se tornar alguém violenta, gritar, atirar qualquer coisa, provocar barulhos que escandalizassem os vizinhos e constrangessem Michel. Não aguento mais esse homem, essa vida medíocre. Lúcia pegou três mudas de roupa e enfiou em uma mala. Pra onde você tá indo? Michel a viu saindo pela porta. Para longe daqui.

Ao chegar em casa, Timóteo encontrou apenas seu pai na sala assistindo televisão. As janelas fechadas, Timóteo só conseguia ver os contornos de Michel pela luz da própria tela. Com o controle remoto apoiado na barriga e um balde de pipoca acomodado entre as pernas, Michel comia sem pressa. Pai, onde está minha mãe? Michel sequer tirou os olhos da televisão, foi resolver alguns problemas na fazenda, deve passar uns dias lá, mas volta.

Todas as noites antes de dormir, Michel se trancava no banheiro e sentava-se no vaso, reclinando as costas na louça fria. Esticava os pés descalços, apagava as luzes e fechava os olhos, descansando as pálpebras, buscando a calma das respirações profundas. Do outro lado da porta, lhe chamava um mundo barulhento e desesperador.

Seu Tobias, pai de Michel, era o único na família que convivia com pessoas que não existiam. Era homem de grandes filosofias. Quando mais jovem, Seu Tobias costumava deixar um caderno ao lado da cama para tomar nota dos sonhos quando a consciência cansava de vigiá-lo. Acreditava que, à noite, seu espírito se libertava do corpo e vagava a conversar com almas semelhantes. Desenhavam planos, ideias de prosperidade certa. Ao acordar, registrava todos os detalhes como se elucidasse uma mensagem enviada para si mesmo que revelaria toda sua genialidade. Michel ouvia essas histórias do pai, mas nunca o viu compartilhar essas grandes ideias com nenhuma alma, viva ou morta. Deixava tudo para os cadernos e para os discursos efusivos no café da manhã.

Aos poucos, suas ambições foram morrendo. Michel cresceu vendo o pai entregar-se à tristeza, como um lento e irresistível chamado. Não reconhecia aquele senhor confinado no sofá, preso aos mesmos canais a que não assistia, os pensamentos que não mais falava, as ideias que não mais tinha. Vivia em um deserto silente, seco de amargura, e logo deixou de sonhar à noite. Como a revidar seu abandono, o tempo passou a puni-lo e seu corpo envelheceu rápido e precocemente. Enrugou a pele, embranqueceram os cabelos, os músculos ficaram flácidos e a memória falhava. Faleceu idoso aos quarenta e cinco anos.

Quando seu pai o deixou, já não havia mais família ou casamento. Herdou apenas o Casarão e todos os sonhos registrados em seu caderno. Nos apontamentos escritos à mão, Seu Tobias dizia habitar no Assombro da vida, em instante depois do sonho, quando era de manhã e não acordava. No Assombro, o tempo corria dividido em dois, se andava vivo e morto, ao mesmo tempo como duas pessoas e duas vozes de consciência. Tudo no Assombro tinha dois nomes, o falado e o pensado, e corpo nenhum obedecia a nada. Era onde o rio não se atravessa a barco, onde homem nenhum sabe encontrar margem.

Fechado no banheiro, Michel também vagava nos pensamentos a buscar a sabedoria que o pai dizia encontrar. Queria substituí-lo, e sua alma a conversar nessas rodas de grande inteligência. Durante noites, tentava se ausentar daquele corpo, ganhar consciência no limiar entre acordar e dormir. Sentia a alma repousando sobre a matéria, mas custava a desgarrar. Dispersava a mente, desistido. Ao acordar, deparava-se nas memórias noturnas com um frustrante vazio.

Ao sair do banheiro, Michel encontrava Lúcia dormindo. Aproveitava para ficar bem próximo, rememorando cada parte do seu rosto, tentando resgatar no tempo uma imagem que agora lhe parecia turva. Parado, acompanhava o tempo da sua respiração e buscava, nas memórias das tardes de sábado, um afago que o consolasse. Queria acreditar que essa distância não era desamor, apenas esquecimento ou a intermitência natural de relacionamentos duradouros. A qualquer momento Lúcia abriria os olhos, roçaria preguiçosa em seu corpo, se lembraria.

Lúcia não acordava nem se lembrava e, deitado ao seu lado, Michel se cansava de esperar. Entre a noite e a madrugada, sentia um frio grosso, avolumava um querer de outra coisa, a falta de sentir mais forte, o sentimento maior. Revirava de um lado ao outro na cama, sem conseguir dormir, com vontades de sair e se perder. Só a estrada curava, anestesiava, no mirar atento. Dali teria que partir para onde fosse, dirigir sem destino, pensando com o rádio perdido, ruído baixo de dessintonia. O carro de Michel conhecia aquela rota. A noite escura sem estrelas.

Contemplou adiante o caminho desaparecendo no caimento da ladeira. Preocupava-se com os pontos cegos que a visão não alcança, os declives imprevisíveis. Exausto do pesar da viagem, foi com alívio que encontrou, às margens da rodovia, uma pensão para descansar. Na parede descascada um dia verde, a poeira colava como um perfume barato. O piso de um barro vermelho, que mais escurecia todo ano, manchava a sola dos sapatos dos visitantes. Com o tempo, passaram a deixar o sapato do lado de fora, e o ponto ganhou apelido de "pensão japonesa".

Pediu um copo de catuaba no bar e deixou-a descer forte. Tentava deduzir, inibido pela falta de luminosidade e sua própria fadiga, o que era aquele paradeiro clandestino. A janela do cômodo permitia a entrada de uma luz amarela do único poste ao lado de fora. A fumaça do cigarro, clareada por esse feixe, pairava sobre dois pequenos lustres tortos que, pendurados no teto, desenhavam duas auréolas no chão, sem iluminar coisa alguma. Em diferentes cantos da sala, mulheres de pobre apresentação aguardavam sozinhas, protegidas pela escuridão, com a paciência de quem mais nada espera.

Deuscélia apareceu de dentro da cozinha e não notou a presença de Michel. Atravessou o salão recolhendo garrafas vazias, cinzeiros abarrotados e passando um pano mais encardido do que as mesas que limpava. Parecia um boneco mecânico, condenado a repetir o mesmo movimento cada hora e para sempre. Só saiu do roteiro quando enxotou uma cadela que refrescava a barriga prenha no piso frio. Não procurava mais distinguir as vozes entortadas pelo álcool, a massa escura de vibrações, os respiros ofegantes por detrás das portas. Deuscélia, de cabelos cacheados e presos, retornava à cozinha quando sentiu um toque no ombro.

Talvez Michel fosse pedir uma cerveja, mas quando a chamou, ficou mudo. Não atendo mais clientes, se quiser fale com aquela moça. No trecho mais escuro da sala, uma rapariga de corpete vermelho entreaberto e short jeans sorriu na direção dele, fumando um cigarro apagado que parecia se sustentar no vazio entre dois dentes. Michel se viu espantado, rejeitado por uma vagabunda, em uma pensão barata, mas riu da situação. Rompeu em gargalhadas crescentes, com nervosismo e desgraça, cada vez mais alto e mais ansioso. Aquele descontrole escandaloso ecoou pela casa, pelos quartos e escapuliu pelas janelas. Deuscélia, pasma, não entendeu, desistiu de entender, e também riu. Da mesma maneira, nervosa e cansada, riu pela sua vida sem amparo, por estar naquele lugar com aquelas pessoas e por não ter lhe sobrado lamento ou cólera. Lastimaram, entre risadas e lágrimas, as suas vidas, unidos pelo desfortúnio e pela tragédia. Michel pousou a vista nos olhos de Deuscélia e só então percebeu as duas córneas opacas. Não pode enxergar? Deuscélia percorreu seu rosto com as mãos e sorriu. Não com os olhos.

Não havia estrelas no céu quando Michel adormeceu. A cama de chapas de madeira prensada oscilava sensível ao menor movimento. Um colchão surrado, tão magro quanto velho, preservava as costas do contato com as quatro ripas de madeira que sobravam do estrado. A cabeça de Michel repousava num colo de uma desconhecida, e ele sorria manso, enquanto Deuscélia afagava seu rosto roçando as costas dos dedos na barba. Deixava-se espetar nos pelos mais firmes a ganhar confiança do corpo dele. O que se sabe em uma noite? Tentava desconsiderar esses pensamentos. Não se iludia. Conhecia as emboscadas desde que fugira de casa, desde que era sozinha, desde sempre. A poeira das estradas, os abusos dos patrões, das boleias dos caminhões para quartos de pensão.

O latido da cadela despertou Michel. Não encontrou Deuscélia e, escondido, saiu da pensão num contentamento recatado. Gostava dela? Abriu os vidros e sorria bobo enquanto o vento lhe fazia sentir novamente as costas dos dedos de Deuscélia na sua barba. Deuscélia. De onde vinha aquela exuberância de afeto? Pensou na noite com ela, deitado na cama, falando tolices que não contaria para mais ninguém, confessando absurdos que, ditos, não eram mais tão graves. Não se recriminava. Como poderia? Deuscélia.

Deuscélia nasceu numa casa em que não se diferenciava o dentro do fora, os familiares dos estranhos. Não saberia contar os irmãos ou apontar seu pai. Lembrava, ainda pequena, da mãe lhe acarinhando os cabelos, os olhos esverdeados, um oásis em meio ao rosto rachado. Por muitos anos, fecundou uma teimosa esperança. Lembrava-se dos choros de bebês que não eram ela, sua mãe grávida, cansada dos afazeres domésticos, imposturando a única serenidade que pacificaria aquelas crianças. Recordava-se da casa pequena e dos colchões velhos no chão, emoldurando o quebra-cabeça de gente que se encaixava para dormir, os gritos, o cheiro de cachaça, o destrambelhado passo dos homens, que nunca eram os mesmos, mas se faziam donos da casa e fediam a maldade e tristeza. Quando sua mãe, ainda jovem, ficou doente, rachando de febre, naquela casa sem arrimo, já não havia nenhum homem de passagem que a acudisse. Ao enterrar a mãe sozinha, Deuscélia entendeu que só lhe restava a sobrevivência e decidiu ir embora. Tinha quinze anos quando entrou em uma boleia de caminhão.

Vagou sozinha, pequena vulnerável, sem garantias. Caçava caronas, contada com o mal, desconfiada de caridades, que a levavam cada vez para mais longe, incerta de destino. Ao chegar aos vilarejos, levando uma mochila que bastava para tudo o que possuía, assuntava por qualquer trabalho, função humilde que tivesse. Sonhava mesmo com alguém que lhe acolhesse como filha e corrigisse os erros da sua sina. Em nenhum lugar havia trabalho digno. Restava-lhe o escambo de favores e a vida de tolerâncias, a saciar os homens em quartos escuros, detrás das caçambas, em beiras de estrada ou nos matos baixos de ladeiras. Sua condição frágil inspirava sucessivas e diferentes formas de crueldade. Trocava o corpo por comida, por transporte, por abrigo. Era corpo de moeda.

Chegou em uma vila deitada ao pé de monte sagrado, protegida por um cruzeiro branco em riste no morro. Olhava a cruz no alto e suas pernas vacilavam, pronta para se entregar à salvação de Deus. Teve vontade de procurar a igreja, forrar-se com sua paz, repousar a cabeça em colo divino e sentir-se acariciada por ele. Pensou na gravidade dos seus pecados e como os confessaria. Ao chegar à igreja, encontrou o pároco que, depois de escutar a sua história, lamentou sua condição, você vive no pecado minha filha. Com medo de perder sua chance de também ser digna dc Deus, Deuscélia ajoelhou, foi o pecado que me salvou, vocês ajudam gente desgraçada como eu? O pároco pousou as duas mãos sobre sua cabeça, Deus ajuda a todos, minha filha, vou te indicar para um homem de fé, amigo da igreja, que vai te acolher.

Ao adentrar no sobrado indicado pelo padre, notou um porta-retratos destacado em pequeno altar. De moldura quebrada, mostrava a mãe e o pai deitados na cama, uma criança, de olhos azuis, que parecia contente. O dono da casa chegou em cadeira de rodas, trazido por uma funcionária velha e descabelada chamada Maria. Deuscélia não quis perguntar sobre a mãe e a filha na foto. Pareciam todos sobreviventes. Quando Deuscélia mostrou o bilhete que recebeu do padre, ele suspirou impaciente, cansado de atender os favores de Deus. A fazenda está caindo aos pedaços e não tenho nem pra manter os animais, vou te dar teto e comida até você achar outro lugar. Pega suas coisas, Maria vai te mostrar onde fica o quarto.

Deuscélia atravessou um quintal de cercas brancas e um pomar aos poucos engolido pelo mato, à medida que se aproximava da casa dos funcionários. Algumas vacas pastavam na terra sem grama, famintas, batiam com a cabeça nas árvores para derrubar os frutos. A casa dos funcionários era um acanhado cercado de taipa, com quatro camas de compensado fino, um banheiro de cimento com paredes escurecidas de umidade e uma varanda improvisada em piso batido. Os lençóis sujos e revoltos nas camas sugeriam que não dormiria sozinha.

Os três homens chegaram cansados, encardidos de barro, cheirando a mato e animais. Seus corpos brutos de tamanho e de jeito alardeavam sua aproximação. Deitaram as ferramentas no chão e não forçaram cumprimentos. Olhavam de longe, feito bicho. Ela rompeu o silêncio e sua voz de menina forjou um sorriso nos rostos desprevenidos daqueles homens. A conversa fluiu despachada e Deuscélia foi se afrouxando em conforto. Fazia tempo que não interagia despretensiosa, à vontade. O cigarro e a cachaça lhe ajudaram a relaxar os músculos, memorizados tensos de perigos e de estradas. Riam altos das vivências, e tomavam mais goles, embalados pela lua cheia que inspirava confissões. No tardar da madrugada, Deuscélia se animou em dançar os poucos passos que sabia, inventados da sua cabeça enquanto escutava modinhas nas boleias. Levantou-se e balançou o corpo, tímida no gingado. Os homens, mais ariscos pela bebida, se animaram, entendendo aquela dança como um convite. Quando um deles quis abraçá-la, Deuscélia recusou rindo, temendo pesar a situação. Enquanto rodopiava na varanda, levemente inebriada pela cachaça, foi percebendo seu espaço encurtando, se fechando escuro. E o olhar daqueles homens, antes amistoso, parecia se desmanchar em fixação esquisita no seu corpo. Desconfiou daqueles sinais familiares. Tapou o medo com um sorriso e disse que estava tarde, iria dormir.

No instante em que entrou no quarto, já se viu sem saída. O desejo transbordava no rosto dos homens, a violência iminente, tudo se rompendo. Deuscélia ocupou em pé um canto, chorava em posição de ataque. Os homens a encurralavam. Fingiam estar brincando, riam alto como a simular um jogo em que só Deuscélia poderia perder. Ela não esperou uma intervenção divina. Escaneou o quarto, buscando algum objeto que se fizesse arma em suas mãos, mas não encontrou. Mediu tamanho e força de cada um dos homens. Tinham porte de trabalhador braçal, sujos do ranço da terra, a cuidar de gados e animais. Mirou a porta e tentou sair refugando-os com coices e pontapés. Pegaram-na pelo braço e o torceram.

Puseram-na deitada na cama, presa de bruços, pressionada nos braços, nas costas e na cabeça, apartadas as pernas. Amarraram-lhe a boca para que não gritasse, levantaram o vestido e puxaram a calcinha pelo lado até que afinasse de rasgar. Empurraram-lhe a cabeça contra o colchão para que não visse ou respirasse e lhe acossaram continuamente. Deuscélia se debateu, gritava raivosa espumando a mordaça, chorava desesperada. Implorou, ameaçou, e depois só gritou abafada pelo colchão e pelo pano que lhe cobria a boca. Não desistiu. Incitou seu corpo a lutar, resistir, se atracando com o emaranhado de membros, as partes alheias ao seu corpo que tentavam o possuir. Depois de algumas horas, não possuía mais energia e desfaleceu. E, mesmo desacordada, podia ouvir as risadas, as brincadeiras, aqueles homens a profanando, se empanturrando. Depois, a deitaram de frente. E quando Deuscélia conseguiu tirar a mordaça, socaram-lhe sem parar, os olhos, o nariz, o rosto, aos poucos transformando-a em outra coisa que não gente, dando-lhe um rosto que não era ela, que não era o rosto de ninguém.

No dia seguinte, não sentia seus olhos. Não sabia se era castigo ou bênção ser incapaz de testemunhar a própria vida. Deuscélia não se recorda como foi parar na pensão japonesa, pisada e suja, buscando um piso frio para se deitar. Testemunhas contam que ela chegou desacordada de sede, desfigurada, carregada em lombo de jegue. De cidade em cidade, de boleia em boleia, mapeou com seu corpo a maldade. Cicatrizes desenhadas na pele, traçados de horror que desviavam seus sonhos. Já não era dela aquele rosto, aqueles seios, aqueles braços, aquele ventre. Se os arrancassem, não sentiria falta ou dor. Foi acolhida na pensão sem cerimônias ou amizades.

Como um tablete de chocolate escondido na gaveta, Michel recorria à memória da noite na pensão para atenuar os dias. Na solidão da sua casa, se exilava em fantasias. Seu suspiro era Deuscélia. Seu respiro era Deuscélia. Sua trégua. Ela era uma impossibilidade, uma incoerência que só poderia existir naquela pensão. Deuscélia. Gostava de sussurrar seu nome. Apego de afeto que cresceu por força dele próprio, com uma violência serena e imperceptível. Deuscélia.

Michel já não estranhava o ambiente da pensão. Habituara-se aos diferentes tons de vermelho que se confundiam ao escuro e padeciam na sombra. Vozes altas, risadas quebradas, rostos desolados, enevoados de cigarro. No salão, mulheres mal-assombradas e sedentas por qualquer coisa gargalhavam seu desespero. Bebidas em cascos verdes, copos com marca de lábios envelhecidos, todas aquelas bocas em todos aqueles lugares. Ao chegar, subia direto para o quarto de Deuscélia, onde guardara algumas roupas, desodorante e escova de dente. Mesmo morando em uma pensão, sem alternativas de vida, Deuscélia exigia compromisso e seriedade de Michel. Não sou como essas mulheres. Tive que fazer o que elas fazem, mas nunca fui como elas.

A parede descascada produzia diferentes desenhos e formatos que Michel contemplava enquanto esperava Deuscélia concluir o serviço no bar. Ficava aguardando calado, devaneando sobre essas formas que poderiam ser rios a cortar nações, diferentes caminhos de destino, um quebra-cabeça de pessoas em sua vida. E, mesmo naquele lugar decadente, seu coração marcava em ligeiros compassos sua vontade de estar ali. Michel e Deuscélia não ousavam ir para rua juntos. Cada um vivia sua vida fora daquele quarto, e viviam naquele quarto seus dois mundos. Quando não estavam juntos e sentiam saudade, reuniam as palavras que vinham à mente, formavam frases de simples poesia e as entalavam na garganta até se reencontrarem. Deuscélia parecia um sonho profundo que Michel só acessava à noite.

Michel estava certo de que aquela relação não ganharia o mundo. Distância de vida demasiada para se transformar em amor prático, de casa e cozinha, de fotos na estante, de costumes ordinários. Contentava-se com um romance barato de quarto fechado, eterno de madrugada. Podia ouvir o som dos ferros se contorcendo dentro do corpo, as engrenagens despertando e se desprendendo lentamente das velhas roldanas enferrujadas. Seus membros mais soltos, andava fluido. Deuscélia.

Assim que chegou à pensão, tirou o cinto, descalçou o sapato e abriu a camisa para se refrescar. Deitou-se na cama quando Deuscélia abriu a porta do quarto com um semblante carregado. Não falou bom dia e não o tateou com o carinho habitual. A afoiteza sugeria uma missão a cumprir. Suava tensa, irrelevante o calor. Estou grávida, disse ofegante, usando toda força para vencer as duas palavras. Michel primeiro não assentou. Repetiu para si as mesmas palavras e logo notou que Deuscélia tentava perceber as minúcias da sua reação. Manteve compostura, engolindo seco qualquer espontaneidade.

Michel silenciou-se, sabia que daria errado, fui um idiota de acreditar que passaria ileso, a esperança é traiçoeira, atrai e engana, depois cobra caro. Aquele bebê era uma sentença, amarrando-o a uma vida que nunca escolheu e da qual não poderia escapar. Deuscélia leu seu silêncio e hesitação. Ele não a tocou, não a abraçou, não comemorou nem a consolou. Ficou imóvel, o que dizer agora? Quando Deuscélia ensaiou a fala, tantas vezes no escuro do quarto, só escutou ruindades da sua mente. Não lembrava de palavras doces. Temia ouvir de Michel objeção que não pudesse perdoar ou entregar ao silêncio. Por isso, antecipou a resposta à pergunta que Michel faria. Quero ter esse filho.

Ele então levantou-se da cama e abriu a janela. No canto do quarto, sentada numa cadeira mais estreita do que suas medidas, Deuscélia parecia aguardar um veredito. Com os braços encolhidos, a cabeça baixa, escutava os passos nervosos de Michel, antevendo uma desculpa medíocre, a porta batendo, a estrada sozinha, ou não mais sozinha. Pelo reflexo empoeirado da janela, ele conseguia ver os traços confusos, o corpo magro de Deuscélia nunca parecera tão frágil. Como ela poderia exigir uma qualidade de amor que desconhecia? Mesmo sabendo que ela não o enxergava, Michel não conseguia a encarar, ser mais um algoz, um outro homem a condená-la. A rota sem vento e sem fim, tudo morto no caminho, dois desgraçados, de mãos dadas. Michel aproximou-se, quis consolá-la, e a abraçou. Sentiu a cabeça de Deuscélia em seu peito, e acariciou seu rosto até sentir as lágrimas em seus dedos. Deuscélia soluçava, parecia feliz ou exausta, agradecida, como se tivesse ele o mandato dos padres, de redimir pessoas e libertá-las da sua própria sorte. Nesse dia, se amaram novamente, marcando no corpo a decisão de serem felizes juntos e, de imediato, de serem completos dentro e fora de si e daquele quarto. Deuscélia desta vez não conteve o sorriso.

Ao sair da pensão, Michel chorou abafado. Não poderia ser duas pessoas ao mesmo tempo? Duas personalidades, dois amores, duas felicidades? Infeliz era ter só metade e não viver os desmandos da vida. Amava Lúcia como um amor que se escolhe, que se compreende, o natural que não bagunça as ideias. Deuscélia era o irresistível do arrependimento, as letras miúdas da felicidade. Inconcebível pensar que aquela alegria transbordada e sem fronteiras poderia ser errada. Não era certo nem errado. Era um lugar que não existe. Saiu dirigindo o carro a buscar um lote para construir a casa dele e de Deuscélia. Queria o que não existe.

Há muitos anos, naquela casa humilde, toda segunda-feira ao meio-dia, o cadeado do portão era destrancado e aberto para um visitante. Entrava na casa e ia logo tirando os sapatos, folgando o cinto e desabotoando a camisa para afrescar do calor. Dentro da pequena casa por terminar, mãe e filha esperavam pelos abraços que faziam deles uma família. Sentiam uma saudade justa, precisa, que nascia e morria na mesma semana como uma rotina cósmica. E, mesmo sabendo que na segunda-feira seguinte ele estaria de volta, só descansariam ao ver novamente o tirar do sapato, o folgar do cinto e o desabotoar da camisa.

Desde que a filha nasceu, Michel criou uma rotina para estar presente toda semana, vivendo um roteiro mundano de segunda a quarta-feira. Depois do almoço, sentava-se à mesa com a filha, repassava a lição de casa, e apreciava, deslumbrado, as ideias amadurecendo em sua cabeça. Repreendia-a quando, pela convivência com os modos simples da mãe, reproduzia errado alguma frase ou se equivocava na conjugação dos verbos. Ansiava que ela superasse destino da mãe, libertando-a da ignorância que amarraria sucessivas gerações, e se tornasse mais parecida com ele, preparada para os planos grandiosos que ele nutria para ela. Falava-lhe de livros que nunca leu, ideias que nunca levou adiante e sonhos que já pareciam perdidos.

Quando Dulce acordava, Deuscélia estava de pé, em frente ao tanque, lavando e passando as roupas de fora. Depois que ganhou fama pela qualidade do seu serviço, as roupas chegavam em volume e eram empilhadas em morros fedidos ocupando todo o quintal. Sabia reconhecer tipo, cor e o estado do tecido na ponta dos dedos e diagnosticava qual a lavagem mais adequada para cada roupa. Ao final do dia, mesmo exausta, confirmava lisura e alvura, antes da filha despachá-las aos clientes. Só parava mesmo à noite quando, deitada na rede, sem escutar água da pia ou o roçar das roupas nas mãos, percebia o perfume das mangas no quintal e adormecia embalada pelo balanço do vento.

No final do dia, Michel e a filha deitavam-se juntos no sofá e falavam qualquer bobagem, só querendo estar juntos. Desejavam o tempo passar lento naquela metade de semana. Dulce um dia quis saber do pai, onde você vive quando não tá aqui? Sem saber o que responder, Michel lembrou das histórias do seu pai, vivo numa casa em cima de um morro no Assombro da vida, onde o tempo corre em dois e rio não se atravessa a barco. Desde esse dia, a filha temia que os homens do Assombro batessem em sua porta e levassem seu pai.

No dia em que Michel chegou em casa, dormido de rua, Lúcia arrumou a mala e foi para a fazenda como se aquela pouca distância fosse suficiente exílio. Queria apenas a ilusão de poder se abster dos problemas em uma ausência física que a confortava. Percorria o sobrado, tentando entender o que acontecera com ela e Michel, por que o amor fora assim, se derramando, vazando sem perceber. Pensou em não voltar, como aqueles pais de família que saem para comprar um cigarro e só reaparecem vinte anos depois. Calma, sua mãe citaria, "que ferida já se curou senão aos poucos"?

Logo na entrada do sobrado, parou diante dos porta-retratos empoeirados de seus pais. Desde o namoro até o último registro não havia momentos tristes. A câmera capturava e expandia apenas a fração ideal daqueles segundos. Com o tempo, as expressões deixavam de ser espontâneas e Marta e Geraldo pareciam tentar reproduzir, para sempre, os sorrisos dos primeiros retratos. O semblante contente divergia da melancolia nos olhos e criava uma dicotomia sutil e sombria. Em uma dessas fotos, todos vestiam trajes formais, a mãe na cama, Lúcia ainda pequena, sentada ao seu lado, e o pai de pé repousava a mão no ombro de Marta. Aquela imagem não era natural. Deveriam ter se arrumado especialmente para a ocasião, possivelmente para atender um pedido da sua mãe. Acercou seu rosto e notou a expressão nervosa de seu pai, não sabia onde colocar as mãos, poderia estar desconfortável com o fotógrafo ou com aquela imagem que se eternizava. Sua mãe mostrava-se serena, aparentava ter planos ou certezas ou, quem sabe, acabara de despertar e ainda não havia se dado conta do pouco tempo que lhe restava. Não sabia. Em breve ela vai morrer, no meio da noite, sem alarde ou sinais, seu coração deixará de funcionar, o grito de Geraldo será ouvido na primeira luz da manhã, a despertaria, tentaria, de novo, não acorda, Lúcia levantaria da cama assustada e correria ao seu encontro, as tábuas do piso rangendo, encontraria a mãe na mesma posição em que a deixou pela noite, o copo de água na mesa de cabeceira esperando sua sede.

Caminhou até a sala principal, onde a luz morria no ladrilho alaranjado. Geraldo a chamava, venha encher meu copo. Lúcia se sentou à cabeceira da mesa, do lado oposto de onde seu pai costumava ficar. Aquele comprido da mesa era ainda maior quando mais nova, sua fala não alcançava o outro lado, talvez por isso também não ouvisse a voz do pai. Há quase vinte anos, Lúcia levantara assustada da cadeira e fora atrás do pai. Naquela noite, Geraldo invadiu o quarto de Marta e tentou tirá-la à força da cama. Levanta mulher, chorava e berrava, como pode, você não levanta porque não quer, vamos! Marta se agarrou ao lençol, pediu que ele a deixasse, você não está bem, me deixa Geraldo, por favor, amanhã a gente conversa. Ele a carregou, arrastou-a para fora da cama e, sem forças, derrubou-a no chão. Maria Louca tirou Lúcia de lá, vá pro seu quarto menina. Lúcia esperou o amanhecer com o abajur aceso, pedindo que nada de pior acontecesse. No dia seguinte, Marta aparentava não se lembrar do ocorrido, afagou seu rosto pela manhã, parecia ainda mais apaixonada, seu pai não é uma pessoa ruim, minha filha.

Ele não era uma pessoa ruim. Nenhum homem consegue andar reto toda a vida. Sempre chega a hora em que se perde a razão ou a paciência, o que se é escapa, dribla a constante vigia, nem que seja por poucos segundos, basta um rompante. E então cada um decide como lida, se encara ou acomoda, precipita ou ignora, tenta ou desiste ou finge tentar até desistir completamente. Ainda o amava? Seu olhar já não reproduzia o antes, não conseguia enganá-lo. Tudo estava ali, embarcado nos pensamentos do que via. E, de repente, já não havia nada. Nenhum olhar, nenhum querer, nenhum tocar, nenhum plano, nenhuma admiração, nenhum interesse, nenhum sentimento.

No correr dos dias, por alguns momentos Lúcia vislumbrou alguém capaz de revelar a mesma felicidade que encontrou no casarão. Saberia as palavras certas, e quando dizê-las, e apenas por isso habitaria o novo e o belo, seu verdadeiro destino, as poesias que não cansava de ler. Bobagem, logo pensou melhor, viu que qualquer mudança seria precipitada, arriscada ou trabalhosa. Tristeza não se mata, se empurra pra frente, dizia seu pai. E mesmo que escolhesse, por enquanto, a calma habitual da vida, o mesmo dia a dia ordinário, olhava com algum otimismo o futuro. Poderia decidir quando quisesse, hoje ou amanhã, um dia qualquer acordar decidida, sem conversas ou justificativas.

Nas últimas semanas, Lúcia achou que poderia estar doente. Arrastava-se pela casa e à noite não conseguia se levantar. Acusou a mente de deslize, acostumada a regressar aos mesmos locais de tristeza qual um cavalo que só conhece o mesmo caminho para casa. Seus sintomas se agravaram noite após noite, até não poder ignorá-los. Seu estado de saúde lembrava o do seu pai nos últimos anos dele, vagando sem forças pela sala. Achava que seus olhos azuis a sentenciariam uma doença incurável, como foi com sua mãe. Na consulta, ainda pensava na possibilidade da morte quando o médico lhe disse que ela esperava mais um filho.

Ao chegar em casa, não conseguiu imaginar um bebê vivendo ali. Do lado de fora, a piscina, empoçada com água escura, impedia qualquer passagem de luz que transluzisse o azul do fundo. No jardim descuidado, gramas altas e desniveladas e ervas invasoras ocupavam parte do terreno, criando figuras orgânicas em variações de verde, impedindo que brotasse algum princípio de prosperidade. A casa, machucada pelo tempo, assistia às distâncias se alargarem entre ela, Michel e Timóteo como uma profecia certa.

Só poço fundo é que dá água, esse menino pode ser uma bênção de Deus. Maria serviu um copo de água à Lúcia, o rosto desmoronado sobre os braços sem vontade. Precisava contar para Michel. Sentia-se grávida de um desconhecido. A gravidez a fragilizava e demandava alguém ao seu lado, mesmo que fosse Michel. Michel é o pai? Maria Louca quis saber, indiferente à indelicadeza da pergunta. Se não for dele, só pode ser de Deus. Prepara um jantar especial, vou contar assim que chegar.

No momento em que Michel chegou, Lúcia, mais calma, já vislumbrava um futuro mais generoso. Maria a convenceu a dar uma chance a Deus, que não lhe imputaria uma gravidez indesejada apenas para destruir sua vida. Deveria haver algum propósito maior na missão que a criança cumpriria. Visualizou a chegada de um filho redentor, de olhos castanhos, abençoado pessoalmente por Deus. Desejava firmar novo contrato de futuro com o divino.

Ao sentarem à mesa, Michel e Timóteo estranharam as louças de porcelana e os talheres modernistas que adormeciam no fundo do armário e só eram usados quando recebiam desconhecidos ou parentes distantes. O ambiente sugeria uma noite de celebração, mas Michel e Timóteo desconfiavam de tamanha formalidade. Lúcia tentava reunir as palavras. Fui no médico hoje à tarde, somente mulheres davam aquela notícia, somente elas estavam aptas a encadear aquelas palavras, há alguns dias não me sentia bem, fiz alguns exames, e, enfim, o resultado saiu hoje. Elevou o timbre da voz, mas a fala saiu sem convicção, quase com pesar. Estou esperando um filho.

Michel não notou quando ela terminou de falar. Tentava se encontrar, vasculhando as palavras, como se precisasse lembrar de um nome esquecido. Reconheceu na apreensão de Lúcia sua fragilidade, quem sabe uma brecha para se reencontrarem. Ela estimava, pela reação dele, se a criança seria um peso ou uma celebração, um fim ou um recomeço. Michel se comoveu e bastou isso para que suas palavras abrissem seu ventre e seu filho fosse pousado no mundo. Os braços de Michel aqueceram seu corpo frio e Lúcia quis desejá-lo por alguns segundos. Os desencontros do passado pareciam passageiros ou levianos. Vou precisar tanto de você, Lúcia passou a mão pelo rosto de Michel, evocando um carinho há muito esquecido. Michel pegou na sua mão, não vou sair mais do seu lado.

Timóteo acompanhou toda a cena. Quando Lúcia lhe perguntou o que achava, respondeu qualquer coisa que a tranquilizasse e depois disso não foi mais notado. Terminou de jantar naquela mesma mesa onde media a crescente distância entre seus pais, o declínio evidente daquela família. Onde estaria um bebê naquele instante? Seria um barulho a interromper a mudez do jantar? Seria um corpo inocente a preencher a falta de assunto? Seria uma preocupação nova que os distrairia das conversas que nunca tiveram? Seus pais se abraçavam e não o viram se levantar da mesa.

Nas semanas seguintes, Michel e Lúcia passaram horas arrumando o quarto do bebê. Colocaram o papel de parede azul e amarelo de cavalinhos, instalaram o lustre de carrossel e até tiveram tempo de lavar as roupas e dobrá-las na gaveta. Permitiram-se relaxar e se divertir, lembrando-se de bobagens do passado e de dias felizes. Quando Michel viajava, Lúcia imaginava o choro do bebê rompendo o silêncio da casa, exigindo uma família unida que o acolhesse. Catorze anos depois de Timóteo, sentia-se mais madura e preparada para a maternidade. Você vai cansar de falar sobre ele, antes até de ele nascer, dizia Maria. Para mim ele já nasceu. Talvez por querer superar tanta ansiedade, Teodoro resolveu chegar antes da hora.

Timóteo foi guiado por um grunhido baixo e intermitente quando encontrou a mãe agachada no corredor. O corpo contraído permaneceu imóvel e, por um instante, achou que a mulher de camisola branca poderia não ser sua mãe. Acalmou-se quando abriu as janelas, as contrações cessaram, e ela o tranquilizou, pega a agenda na mesa de cabeceira. Lúcia estava sozinha com o filho quando sentiu a água escorrer pelas pernas. As ruas estavam cheias, a cidade distraída pelo carnaval. Quis chorar, mas Timóteo se desesperaria, melhor não. Ninguém respondia no escritório de Michel. Tentou novamente. Não tinha tempo de especular sobre o paradeiro dele. Enquanto ela tentava achar ajuda, Timóteo quis mimar seus cabelos, tranquilizá-la, porém não o fez. Não sabia como.

Lúcia entrou pela porta do hospital amparada pelo taxista enquanto tentava dissipar pressentimentos ruins. Não é possível prever completamente um parto, o momento chega, o corpo precisa estar sincronizado, basta um detalhe, a criança grande demais, o útero se rompe, a placenta descola, a pressão sobe, o sangue não coagula. Só resta pedir que não seja dessa vez, aqui e agora, não desse jeito, não com meu filho. Três centímetros de dilatação. A movimentação de médicos, enfermeiros, auxiliares era intensa. A coreografia parecia repetida à exaustão, mas trazia a preocupação dos processos que, de tão repetidos, se tornam desumanos e falhos. Lúcia sentia dor em compasso com as contrações. Ganhava ritmo a cada hora numa progressão harmônica. Dilatação em cinco centímetros. As dores de Lúcia aumentaram, mas parecia prematuro recorrer à anestesia. Tentava compreender as diferentes gradações de força sobre seu útero e a agudeza das dores. Enquanto a obstetra sentia o colo do útero, Lúcia escaneava seu rosto. Fantasiava sentir, através da médica, o tato na mucosa e se empenhava em elaborar o próprio diagnóstico. Novo toque. A médica passou mais tempo com a mão dentro do seu corpo. Considerou que poderia estar pronta para o parto e, assim, a médica gostaria de confirmar todas as condições para dar início ao procedimento. Ou seria então uma suspeita de condição mais séria, um diagnóstico duro que precisa ser confirmado e reconfirmado antes de concluído. Precisamos passar pra sala de cirurgia agora, o cordão umbilical está comprimido pela cabeça da criança. Teodoro nem nascera e corria risco de morte.

Na sala de cirurgia, Lúcia tentou discernir os papéis das mais de dez pessoas vestidas de branco. Não havia tempo. Os instrumentos eram demandados aos gritos e os corpos tremiam para que as mãos ganhassem estabilidade e precisão. Não consigo esperar a anestesia, vou ter que abrir! As gazes postas sobre a barriga com um grande círculo no local do corte. Não houve tempo de subir a cortina, de prevenir o espasmo da pele rasgada pela faca, a contração dos músculos que descolavam, lacerados. Ter filhos é voltar à essência da humanidade, pisar descalço na terra, como os primeiros filhos de Eva.

Teodoro saiu da sala de parto incapaz de respirar. Na UTI neonatal, encontraria outros recém-nascidos enclausurados por redomas, ligados a aparelhos por um emaranhado de fios. Diferentes bipes e ruídos pareciam exigir uma ação imediata. Lúcia sentou-se na única cadeira que havia na sala, apoiou os cotovelos sobre os joelhos, e o rosto desabado sobre as mãos. As dores no corpo desenhavam as lembranças horrorosas do parto. Um enjoo repentino, que também poderia ser um pressentimento, não a deixou contemplar o filho.

Depois de tantas horas, Lúcia não sentia mais as costas, anestesiadas pela cadeira de fórmica chapada. Esquecia-se das pernas, dos braços, do tronco. Seu corpo só lhe servia como suporte, um tronco rígido que a manteria inerte. Refazia na memória o percurso da dor, os gritos, a médica advertindo o corte. O choro de Teodoro, a pressão do seu peso, o castanho dos seus olhos. Agora só depende dele, diziam os médicos. Tenha fé.

Lúcia achou que ia vomitar, não tinha comido, finalmente levantou-se para procurar um lanche. As paredes tinham dois tons de branco, um mais bege até meia altura e outro mais alvo que subia ao teto. O piso frio ecoava seus passos, ritmando pensamentos trágicos enquanto caminhava. Sua vista perdeu força, precisou apoiar a mão no corredor para se manter em pé, não conseguiu vomitar. Michel não estava lá, nem estivera no parto. O vazio que vivia dentro de Lúcia ocupava todos espaços ao redor. Não havia ninguém.

Escutou passos mais fortes saindo da sala dos médicos e, quando se virou, dois enfermeiros corriam para a UTI neonatal. O peito ardeu e Lúcia correu mesmo sem forças. Toda fé se torna desespero. Na sala de onde saíra há poucos instantes, só a redoma de Teodoro estava aberta. Os dois enfermeiros tentavam reanimá-lo, o aparelho apitava alto e sem variação. Lúcia implorou para não desistirem, gritou e, mesmo depois de seu coração parar, continuou acreditando que Teodoro viveria. Quem mandaria um messias para matá-lo em seguida? Aquela criança era de verdade, sentia seu pulmão dentro do peito, sua boca gelada e agora roxa, bastava um movimento, bastava um sopro para ele estar ali. Queria cheirar as suas dobras, se aquecer com o calor da sua pele. Queria pegá-lo nos braços e protegê-lo para sempre. Não estava mais ali.

Ao chegar do hospital, Lúcia teve a sensação de que ficara muitos anos fora, e aquela casa não mais lhe pertencia. Sentiu-se culpada por não estar cuidando de Teodoro, vivendo com ele seu restolho de vida. Ainda não aceitava sua partida e imaginava-o vivendo uma lenta transição, na qual a pouca vida que lhe restara se esvaía como um filete fino de areia deslizando pela ampulheta. Avistou Timóteo correndo em sua direção. Abraçou-o brevemente, sem curvar seu dorso, com medo de não suportar seu peso. Sentiu seu calor, diferente do corpo de Teodoro quando o tocou pela última vez.

Timóteo ensaiou dizer qualquer coisa que reanimasse Lúcia, alguma brecha por onde pudesse entrar. Ela prolongou o silêncio, aumentando sem querer o suspense em Timóteo, enquanto tentava se articular. As palavras não saíam, entortavam e se distorciam para que não fossem possíveis. Falar da morte de Teodoro seria autorizá-la, instituí-la. Lúcia subiu ao quarto e se fechou. Castanhos eram os olhos de Teodoro, assim como os da sua avó. As pessoas de olhos castanhos nasciam somente para nos entristecer?

Isolada em seu quarto, Lúcia ainda guardava no corpo poeiras de pele de Teodoro, células órfãs. Sua camisola marcava o leite escorrido, o corpo pedia tempo para assimilar. Timóteo batia à porta tendo cuidado para não golpear forte demais a ponto de chateá-la ou com uma fraqueza que não demonstrasse o tamanho da vontade de ficar com ela. Por vezes, Lúcia o deixava entrar, tentando mostrar algum ânimo, mas logo não conseguia mais lhe dar atenção. Tinha um olhar distante, como quem observa da estação o trem que partiu, mas que jamais some no horizonte. Não seria capaz de levantar, mesmo que Timóteo chorasse aos seus pés ou que Michel, aos gritos, a carregasse para fora da cama.

Timóteo seguiu batendo no quarto de Lúcia, a porta balançava com pancadas cada vez mais fortes, abra a porta, mãe, preferia ouvir seus gritos, mandasse ele parar de bater, o agredisse de raiva ou cansaço. Mas a mente de Lúcia cada vez mais longe, levante, mulher, você não levanta porque não quer, vamos. E um dia Timóteo parou de bater à sua porta. E a dor da ausência da mãe pareceu cicatrizar com uma naturalidade perigosa. Nas refeições com o pai, não conversavam mais sobre Lúcia, não discutiam estratégias para tirá-la do quarto nem elucubravam se ela havia dado algum sinal, ainda que mínimo, de melhora. Mais do que a morte de Teodoro, Lúcia era um assunto sobre o qual não se falava, enquanto ela estivesse doente de saudades, de uma vida que não chegou a ter. Cega, dos seus olhos azuis, de tudo o que ainda estava lá.

Naquele trajeto conhecido, o carro se apressava tentando antecipar atalhos. A luz fina da tarde era um imenso laranja, convidava à apreciação, torturava lenta a cabeça de Michel. Recebera notícia do parto por um amigo que saberia para onde ligar. Faltava uma hora para chegar. Só queria estar com Lúcia como prometera quando se abraçaram no dia em que seu filho foi anunciado.

Michel entrou às pressas na sala de parto. As luzes estavam apagadas e Lúcia dormia sedada. Sua face era séria, não tinha aquele sorriso sereno de satisfação das mães depois do parto. Uma enfermeira combalida recolhia os instrumentos da cirurgia. Parecia exausta, derrotada pela violência do procedimento. As gazes sujas ainda estavam no chão, esperando a equipe de limpeza. Ao lado da porta, Michel sentou-se em um pequeno banco de metal e rogou a Deus, com as poucas rezas que conhecia, que intercedesse pela vida de Teodoro. Não quis pensar em Dulce e Deuscélia. Enfraqueceria a fé e sabotaria as orações se confessasse a Deus seus amores clandestinos.

Quando Lúcia chegou em casa do hospital, sem o filho, Michel soube que Teodoro tinha partido. O rosto contorcido da esposa, a pele fria e sem vida, os dias foram anos. O sofrimento de Lúcia desautorizava a existência de qualquer outro sentimento na casa. Michel não sabia como conduzir-se em meio a tanta amargura e, sem saber se por culpa ou saudade, pensava em Dulce e Deuscélia. Sob a mangueira, sua filha cantava parabéns rodeada pelos colegas, seu olhar perdido diante do bolo, da vela e da câmera que a registrava, fixado no portão, esperava que o pai voltasse, seria o dia em que o apresentaria para o mundo. Lúcia subiu as escadas da casa se apoiando no corrimão. Deteve-se por um momento antes de fechar a porta. Não quero saber onde você tava nem o que tava fazendo, mas, se quiser ficar aqui, nunca mais volte pra lá.

Timóteo, pode me ajudar aqui? Pela primeira vez, pouco mais de um ano após a morte de Teodoro, Lúcia demonstrava ter alguma disposição. Desde que voltara, fazia rondas sem propósito no corredor escuro. Fugia de qualquer luz que a lembrasse da continuidade da vida sem Teodoro. Nesse dia, abriu as janelas do quarto e decidiu arrumar o cômodo vago da casa. Queria transformá-lo em um quarto de reclusão, um trago de refúgio, suspenso de tempo e intromissões. Timóteo subiu as escadas, seus passos pesavam. Aos catorze anos, era maior do que Lúcia.

Timóteo ligou o disjuntor do quarto de Teodoro, mas os olhos de Lúcia não se acostumaram às cores que as luzes realçavam. A parede guardava marcas do velho papel de parede azul e amarelo. O berço desmontado, amparado na quina do cômodo, se escondia embaixo de um lençol amarelado. No teto, um lustre em formato de carrossel. As roupas novas de bebê ainda dobradas no armário.

Na prateleira de baixo, encontrou um álbum de fotos. Timóteo comemorava o quinto aniversário. O tema, soldadinhos verdes americanos que caíam em paraquedas, montagens de tanques e batalhões. Você amava estes bonecos. Na foto, um tanto amarelada, podia-se ver a euforia de Timóteo. Dentes à mostra, espremia os olhos para caber o sorriso. Você era tão feliz quando era pequeno.

Lúcia passou um pano úmido no álbum e o deixou de lado em uma caixa de papelão. Queria organizar as fotos, mas não haveria tempo, precisava demarcar seu território naquela casa. Continuou tirando as pastas da prateleira e abria uma ou outra especialmente chamativa. Numa foto, aos onze anos, Timóteo brincava na sala, ordenando um jogo de dominós. Seu semblante era um pouco mais sóbrio. No fundo da foto, o pai o observava, apático, da sala de jantar. Você sorria daquele jeito quando era menor, depois você ficou mais sério. Lúcia não quis terminar o pensamento. Nunca perguntara como a morte de Teodoro o afetara.

Numa das prateleiras, Timóteo encontrou a caixa com brinquedos antigos que separara para presentear seu irmão. Pareciam recém-comprados, alguns sequer tinham sido abertos. Quando mais novo, costumava sentar com o pai para brincar na sala, abria os jogos e deixava-os montados no chão, mas logo Michel se distraía com a televisão. No começo tentava chamar sua atenção, mas o pai lhe dava respostas sem sentido ou inventava tarefas para distraí-lo. Com o tempo, desistiu dos jogos e passou a sentar ao seu lado. Relembrou as gargalhadas de Michel nos programas humorísticos de sábado à noite e também seus gestos de indignação nos noticiários diários. Sem sair da poltrona, se mexia somente quando aceso pelas luzes da televisão.

Michel passava a semana fora de casa. O que o pai fazia nessa outra cidade, trabalhava? Timóteo queria saber onde dormia, o que comia, se tinha amigos no escritório. Quando passava muito tempo sem viajar, Michel ficava inquieto, reagindo com intempérie a qualquer contrariedade. Ao voltar, estava sempre sereno, como se essa distância o acalmasse. Posso ir com você um dia? Lá não há nada, Michel respondia, vai ficar o dia todo no escritório entediado. Mudava o canal da televisão.

Naquela tarde, Timóteo obedeceu a todos os pedidos de Lúcia, escutou seus lamentos e sorriu quando julgou que a faria bem. Suas memórias de criança lhe eram confusas. Se no retrato parecia feliz, ao recordar-se do aniversário, revivia a tensão da mãe, seu salto estalando pelo piso de madeira, correndo de um lado para o outro, o bolo atrasou, onde estão os convidados, o riso apreensivo e sinistro, você está bem, está feliz? Não sabia explicar a nuvem que espessava suas lembranças mais felizes. Tentou evocar o momento em que a foto foi tirada, mas a mesma imagem agora provocava outros sentimentos.

Preciso respirar, Lúcia abriu a janela e os olhos inchados encontraram um sol que parecia luz demais. Um ano desde a morte de Teodoro. Um ano. Talvez estivesse na hora. Voltou a abrir as caixas. Já não queria ficar sozinha.

Lúcia finalmente saiu do quarto, abriu todas as portas e janelas e permitiu o vento feroz adentrar e retomar seu espaço. Precisava enterrar Teodoro e todos os sonhos nascidos com ele. Lembrou-se do lugar onde havia traçado, livre, a rota mais distante de si, afastada de olhares conhecidos, alheia a perguntas ou escambos emocionais. Colocou um vestido estampado, há muito tempo esquecido no armário, e saiu.

O repique descompassado do tamborim escorria pelos vãos, pelas portas e janelas do Casarão. A pancada da baqueta sobressaía ao som dos demais tambores, abafados pelos seus cascos maiores. Lúcia reconheceu a porta azul sem número naquele bairro esquecido. Marlene Riva ainda é a dona? O porteiro escancarou a porta entreaberta convidando passagem. O dono é Seu Dito, mas ele não tá aqui. Lúcia repetiu a entrada cuidadosa de vinte anos antes, quando também se sentira uma intrusa naquele ambiente. No átrio central, o piso vermelho era o mesmo, mas parecia mais sujo e poroso. A luz escancarava a fragilidade do espaço e revelava detalhes dos quais não se lembrava. As paredes falhas, inacabadas, a pintura desgastada sem o charme de outrora. Nas quinas do piso, pequenos pedaços de papéis, bitucas de cigarro e poeira se acumulavam, sinalizando anos de descaso.

A mesma mulher preta de anos antes estava no palco, sem as tranças nagô. O trabalho de vendedora de medicamentos não lhe permitia. Usava um penteado que tentava replicar a descontração de antes, uma rasa alegoria. A mesma roupa recortada, colada pelo inchaço, mostrava agora sobras de pele, traços de estrias, machucados da vida. Na plateia já não estavam todos. Esqueceram-se, mudaram-se, morreram. Reunidos ali apenas os sobreviventes, os que seguiram sonhando, os que resolveram renascer ou os que não tiveram outras alternativas. Escorados uns nos outros, alegres de batucada, felizes somente naqueles instantes. Foi ao bar e pediu a mesma dose de uísque. A eufonia da percussão escondia as diferentes camadas dos ritmos e batidas. O barulho abafava as angústias.

Lúcia não olhou para o relógio por algumas horas. Distraía-se com os que estavam ali, entre cervejas e bebidas mais fortes. Os rostos enrugados, manchados pelo sol, ainda sabiam alegrar-se por qualquer bobagem. Os sorrisos, de dentes amarelados, de obturações antigas, de hálito rançoso da idade, também poderiam ser bonitos.

Uma beleza incomum, uma pintura que só se revela preciosa deslocada do seu tempo.

Sentiu pelas costas um corpo se aproximar e, em seguida, dois braços a envolveram em um abraço muito íntimo. Manteve a compostura. Sabia que um dia ia voltar, Dito sorriu moleque. Ele recuou um passo e não disfarçou o desejo de examiná-la, parte a parte, parecendo classificar sua beleza. Queria ter vivido o mesmo tempo que te fez tão bonita. Lúcia tentava não se distrair com o tamborim que parecia sempre fora do compasso, quis saber sobre Marlene, como estava, não a vi por aqui. Ela morreu há mais de dez anos. Um dia entrei no quarto, encontrei ela deitada, chamei, não respondeu, me aproximei e chamei de novo, Marlene, parecia sorrir, achei que estivesse sonhando, até devo ter brincado na hora, então cheguei mais perto e alisei seu rosto, estava frio. Lúcia ficou surpresa, estava doente, teve algum mal súbito? Não sei, não lidava bem com essas coisas, sempre teve medo de envelhecer e ficar religiosa. Mas morreu com uma expressão alegre, parecia ter escolhido a sua última maquiagem. Sinto muito, não sabia. Dito ensaiou mudar de assunto, mas sua voz se perdeu entre os ruídos. O Casarão se entregava à euforia da batucada e Lúcia apertava os olhos tentando entender o que se passava. Parecia-lhe uma alegria insustentável. Uma alegria estridente e descompassada como o tamborim.

Em dias de menor movimento, Lúcia sentava-se sozinha no bar do Casarão e tragava com calma uma dose de uísque. Seu corpo ancorado sobre o banco desaparecia, tão familiar à luz encarnada dos ladrilhos, ao vaivém dos funcionários, aos primeiros acordes do samba, mais nada cabia ou faltava. Nascida a noite, já turvas suas ideias, um ânimo acendia as vontades e dúvidas. Nessas horas, Dito sempre aparecia para vê-la.

Por que nunca me contou sobre você e Marlene? Retomou a conversa em uma vírgula que durou vinte anos. Era muito complicado, eu era jovem, tinha vergonha. Dito baixou os olhos. Tinha vergonha por ela ser mais velha? Não, tinha vergonha por ela ser minha mãe. Lúcia não conseguiu entender. Fui adotado por Marlene quando tinha uns dez anos. Eu não tinha ninguém. Ela era mais velha. Me deu casa e comida, me ensinou muita coisa, sobre arte, samba, a vida em geral. Me deu emprego no Casarão. Um futuro. Dito suspirou comovido. Quando cresci, tinha uns dezesseis anos, ela começou a mostrar que me amava diferente. Antes a gente se beijava como mãe e filho, mas depois a gente foi beijando mais forte e demorado. Eu amava tanto ela que achava aquilo normal, tudo a mesma coisa. Nas folgas, a gente ficava abraçado no sofá, de pijama ou com roupa de ficar em casa, e lembro de me sentir estranho quando ela encostava em mim parecendo sem querer. Uma noite, a gente tava em casa e bebeu muito. Na hora de dormir, ela veio me beijar, mas daquela vez a gente ficou se beijando por mais tempo, de língua, forte mesmo, se pegando. Ficamos beijando, sem querer sair, ela passando as mãos em mim, me ensinando seus jeitos. Tirou minha calça e fomos pro quarto. Depois daquele dia, tudo mudou. Não sabia nem explicar o que a gente era. Não teve mais volta. Ela nunca mais me deixou ser outra coisa. Ficava com ciúmes quando saía com outras pessoas, sabia que eu dependia dela. Só consegui me libertar mesmo quando ela morreu.

As lágrimas de Dito foram caindo e Lúcia o abraçou. Dito a apertou mais forte, encostou a testa e tentou beijá-la. Lúcia esquivou o rosto em um susto. Não, Dito, você tá louco? Deixou de abraçá-lo e reorganizou a postura. As emoções de Dito se confundiam com seus velhos costumes, e, mesmo na tristeza, ele sucumbia, impulsivo, aos seus desejos. Dito quis pedir desculpas, mas a voz não vencia as batidas do tantã. Lúcia pediu que ele não falasse mais nada. Já se falara demais naquela noite.

Ao chegar em casa, abriu a porta com cuidado, passava da meia-noite, e não queria acordar Timóteo ou Michel. Preferia aquela clandestinidade intacta, sem necessidade de explicar o que ainda não compreendia. Tirou os sapatos antes de subir a escada e, quando entrou no quarto, notou o abajur de Michel aceso. Ouviu o lençol se mexer, um tecido roçando em outro. Michel levantou a cabeça apenas o suficiente para avistar o horário no despertador na pequena mesa ao lado. Chegou agora? Sim, me atrasei, Lúcia não quis alongar a conversa. Trancou-se no banheiro onde ficou até tirar de si toda alegria e as marcas daquela noite; o cheiro de bebida, o resto de samba, as lágrimas de Dito que enxugou com o verso das mãos. Dormiu exausta de tanto pensar.

Lúcia se esticava ao sol na margem da piscina. De óculos escuros e chapéu, contorcia o pescoço e acompanhava as gotas de suor percorrer seu abdômen até as dobras do biquíni. Seu corpo derretendo, marcado de suor e vida. Gostava das suas partes, dos seus trechos, dos intervalos em que era ela entre os espaços das outras coisas. Tamborilava sem perceber as melodias da noite anterior, queria de novo se perfumar, se encher da vida ao redor. Escutou a porta de casa bater forte, e avistou Timóteo todo machucado.

A camisa manchada de barro, a gola rasgada e um algodão estancava o sangue escorrido do nariz. Acima da sobrancelha direita, um corte grande, a pele fina rasgada como um tecido. Imaginou Timóteo desabando de uma escada ou atropelado por uma moto de entregas. Ele apertou o passo e subiu as escadas em silêncio. Lúcia o seguiu afastada e, impedida de acolher o filho machucado, cumpriu seu pedido tácito de distanciamento. Ficou do lado de fora do quarto, esperando a porta abrir com uma chance de conversarem. Do outro lado, Timóteo, ao telefone, exigia explicações com uma irritação incomum. Puta que pariu, Delfina, pare de mentir para mim, não sou idiota. Lúcia não sabia com quem falava ou o que tinha acontecido. Evitava pensar que não conhecia seu filho tão bem.

De volta à sala, Lúcia serviu-se de um trago de uísque e sentou-se na poltrona de frente ao jardim. A voz de Timóteo por detrás daquela porta, tão distante do céu azul, exigia uma Lúcia que já não existia. Também não percebeu em que momento Timóteo havia lhe escapado. Não teve tempo de senti-lo desprendendo, ganhando vida própria.

Pelas transparências do vidro, testemunhou o tempo distraído e a neblina preparando os olhos para a chegada da noite. O uísque inflamando sua garganta era o único indício da sua existência. Contemplou a piscina apagada, sem sinal de vento ou vida, o concreto morno ainda aqueceria suas costas, do outro lado do vidro tinha mais silêncio. Tentou escutar algum descuido de Timóteo que a autorizasse entrar em seu quarto sem convite. Seria Timóteo tão triste quanto ela? Seriam objeto e espelho da mesma melancolia? Uma alma repetida em dois corpos? Desde o primeiro homem de olhos azuis, eram todos feitos do mesmo fio, lágrimas do primeiro choro original, o único choro que existiu.

Timóteo e Delfina passaram quase todo o ano escolar alheios um ao outro. Timóteo, magricelo e recatado, se intimidava com a farta presença de Delfina. Sempre manteve distância para que ela não o notasse, nem para mais nem para menos. Mas aos poucos, quando sentavam próximos, se surpreendiam ao descobrir as mesmas preferências e aversões. Chega aqui mais perto, Delfina se encostava, e Timóteo, imóvel, tentava descobrir como lidar com tanta vontade. Logo passou a buscá-la, todos os dias, como se sua presença fosse uma dose necessária para viver. Dedicava mais tempo ao espelho, a pentear-se e a cuidar das roupas. Foi pego de surpresa quando Ramiro, namorado de Delfina, o convidou para estudar com eles.

Desisto, não consigo entender, isso é tão inútil. Ramiro deixou o colega e a namorada estudando no quarto para tragar a calma de um cigarro. Delfina e Timóteo, a sós pela primeira vez, se olharam e sorriram. Ele se levantou e curvou sobre Delfina, rabiscou uma explicação no caderno. Pesava a respiração, o pouco tempo. Ela sussurrou, o sopro quente varreu o corpo de Timóteo, que se inclinou mais, encostou o peito no ombro dela, o pescoço perto da boca, sentiu um perfume doce. Finalmente, lhe diria, quando Ramiro abriu a porta e quase os surpreendeu.

Preciso ir, Timóteo teve pressa. Quando Ramiro saiu para buscar a chave do portão, Delfina beijou Timóteo, como a dizer bem-vindo. Um susto. Uma frase pela metade. Uma palavra sem volta.

Na semana seguinte, quando a porta do carro se abriu, Delfina sorria no banco de trás. Timóteo viu as dobras contorcidas da cintura dela. Sobrava-lhe carne nos ombros, nos braços e na barriga. Branca, o traçado das veias transparecia entre linhas azuis e vermelhas que se cruzavam em um desenho torto perfazendo todo o corpo. Fosse pela aparência, passaria despercebida em toda a vida escolar, sem despertar interesses, desejos ou inveja. Delfina o puxou com força e ele caiu em seu colo mergulhado em seu cheiro. Despertou-se para sua beleza.

Delfina pediu que Timóteo se abaixasse para que Ramiro não os visse saindo da escola. Não estamos mais juntos, mas não quero que ele nos veja, vai ficar magoado e com ódio de você. Ele é grande, mas é frágil, ainda me liga chorando todas as noites. Não sei do que seria capaz. Timóteo estava agitado desde o beijo na casa de Ramiro. Sentia culpa? Nunca imaginara amar proibido.

Como era difícil manter-se direito. Bonitos são os desvios do mundo.

Em poucos minutos o carro chegaria à casa da avó de Delfina, onde eles se encontrariam pelos próximos meses. A senhora, doente na cama, ocupava um cômodo no andar superior, enquanto Delfina e Timóteo se instalavam todas as tardes no quarto vago do piso de baixo para estudar. Queriam mesmo estar juntos. Deitada na cama, Delfina conversava, sem pressa ou afobação, enquanto Timóteo, de bruços, a admirava. Delfina gostava de surpreendê-lo. De calcinha, subia em suas costas, esmagando-o com os pés. Aos risos desfilava em seu corpo, as costelas prensadas no colchão. Seu pescoço contorcido procurava a visão de Delfina enquanto prendia a respiração, queria explodir mas implodia. Delfina deitava sobre Timóteo, se enrolava e se cobria, fazia e desfazia emaranhados em seu corpo, e, quando o sentia transbordo e indefeso, se afastava e contemplava seu desespero. Ao final, saciados, ficavam no quarto, inalando seus cheiros, rindo de qualquer bobagem, conspirando planos absurdos de felicidade.

Ao chegar em casa, uma única porta da varanda estava aberta e um vento frio circulava assobiando pela sala. Timóteo podia sentir o cheiro da relva no jardim e ouvir o cavalo inquieto disparado em seu peito. A Casa do Morro escurecida, só acesa a fresta da porta da garagem onde Michel, desde que deixou de viajar, passava seus dias. Ouviu o salto da mãe martelar os degraus da escada, e em seguida, um forte perfume. Notou seu cabelo enfeitado, deve ter ido ao salão, mas não perguntou para onde ou com quem sairia. Não queria lhe oferecer a chance de retribuir as perguntas. Às vezes é preciso viver justamente o que não se pode contar.

Lúcia passara a frequentar o Casarão toda semana, mas sem a mesma euforia de antes. Testemunhava, aos poucos, os frequentadores, semelhantes a ela, sumirem, um a um, a ponto de parecer um movimento concertado para que ninguém percebesse. Casavam-se novamente, faziam família, se mudavam para longe ou só se conformavam com o que tinham antes, abdicando dos respiros intermitentes. O Casarão era ponto de parada e de partida para o mesmo lugar, a fantasia de poder voltar no tempo e refazer escolhas, remoçar os propósitos.

Sempre que cruzava a porta do Casarão, tinha uma certeza: Dito a esperava. Ao lado da janela, encostado no bar, os olhos cravados na porta até a sua chegada. Por vezes, Dito tentava se ocupar, se convencia de que quando Lúcia chegasse poderia estar atarefado na rua ou no escritório, conversando com funcionários ou checando as contas, mas, por algum motivo, ele sempre estava perto da entrada. Que bom que veio, dizia todo dia, encenando um acaso inesperado. Quando Lúcia voltava da fazenda, trazia para ele uma farinha amarelada e crocante, típica da região. Para Dito era sinal de interesse maior, comentava com as pessoas sobre a farinha, só tem lá, Lúcia viaja para me trazer.

Desde que contou à Lúcia sobre Marlene, Dito ansiava por contar-lhe tudo, desmontar-se para ela. Se Lúcia escancarasse seus segredos como ele fez, construiriam uma relação de cumplicidade como nunca tivera. Agradava a Lúcia falar sobre si, desacostumada por muitos anos a ser objeto de tanto interesse. Sentia-se mais confiante sabendo que Dito a desejava, e gostava de tê-lo perto como uma canoa embocada na margem do rio que poderia levá-la para longe. Aos poucos, foi ditando os rumos da conversa e, pela primeira vez, sentia não precisar de alguém que a consertasse ou a redimisse.

Lembra quando te disse que faria algo grandioso? Dito mantinha o mesmo sorriso confiante. Está chegando, já consigo ver, Marlene me atrasou, mas logo me desprendo desse Casarão, vou repassar, vender, não sei, não tem tantos interessados, mas sempre se vende o que se quer, basta saber o preço e ter um pouco de paciência, vou me desfazer disso aqui, abrir um restaurante, uma pequena pousada ou até mudar para o campo, tem tanta terra e oportunidade, vou saber o que fazer, plantar o que não se planta, colher em dobro, trabalho duro, vou crescer as terras, ter uma vida boa. O mesmo discurso se repetia e Lúcia escutava atenta. Primeiro por interesse, depois por educação e, no final, apenas por compaixão.

Todos os dias pela manhã, Michel esperava o jornal e registrava em um caderno a hora exata da sua chegada. Quando se aproximava o horário, às seis e trinta e sete da manhã, Michel andava de um lado ao outro, bufando em voz baixa, está atrasado, não é possível. Levava o jornal ainda dobrado até a garagem, onde retirava-o do saco plástico, e lia da manchete até a última linha de texto. Passava por todas as seções, revisando cada palavra, buscando vacilos ortográficos ou deslizes gramaticais. Quando encontrava algum erro, fazia questão de censurar o jornal, escrevia uma longa carta, descrevendo em detalhes a incorreção e apontando sugestões que os ajudassem a evitar falhas. Depois da leitura, colocava o jornal em cima de uma pilha, na qual guardava os outros trezentos e sessenta e cinco exemplares, um de cada dia do último ano, e retirava, do final dela, o exemplar mais velho, com a mesma data deste dia no ano anterior. Nesse longo processo, Michel se distraía com pensamentos avulsos, conferia repetidamente todas as contas de luz, água e telefone, procurava por cadernetas antigas com anotações sem importância. Olhou para o relógio e eram quase dez e meia da manhã. Logo sentiria fome.

Durante a tarde, Michel se dedicava a pequenas atividades. Abria correspondências da sua antiga empresa, agora fechada, organizava suas coleções de clips, de pequenos frascos e de pares de óculos quebrados, procurava, pelos mesmos locais da casa, objetos que perdera e oportunidades de arrumar, classificar e etiquetar qualquer bugiganga. Tudo o que via poderia se tornar um novo afazer. Um rádio de pilha ficava ligado ao lado da sua mesa, sintonizado em estação AM, de sinal ruim, com programação quase incompreensível. Gostava do chiado baixo como companhia, uma presença que não a dele.

Logo que o sol baixava, Michel se trancava na garagem escurecida e passava horas desenhando, hábito adquirido desde a morte de Teodoro. Comprou incontáveis maços de papel sulfite branco, que se acumulavam empilhados em prateleiras de metal. Em sua mesa, dezenas do mesmo lápis e algumas dúzias da borracha macia, que se escureciam com o uso. Parecia querer aprender por si, sem nenhum esforço acadêmico ou mentoria artística, uma nova habilidade. Aprendia a desenhar com uma persistência obsessiva e irracional, interrompida apenas quando os dedos dormentes já não conseguiam assentar o lápis firme no papel.

Ramiro está louco, falando pra todo mundo que vai te matar. Eu não fiz nada, Antônio, vou falar com Delfina, deve ser algum mal-entendido. Mal-entendido nada, você acha que as pessoas não veem vocês sentando juntos, o intervalo todo com conversinhas, trocando risinhos, bilhetinhos e miudezas? E a cena de vocês no meu aniversário? Na festa de aniversário de Antônio, Timóteo e Delfina discutiram em público, esquecendo qualquer discrição. Delfina saiu e não atendeu mais o telefone. Por algumas horas, sumiu e não deu satisfação. No dia seguinte, ligou para Timóteo com voz descansada, sem rancor ou raiva, e não mencionou nada. Poderia ser uma mulher assim?

Delfina e eu somos muito amigos, Antônio, as pessoas confundem, ninguém acredita em amizade de homem e mulher, não nessa idade. Timóteo, te conheço desde o berçário, você só pode estar alucinado de achar que ninguém tá vendo, e pior, de estar mentindo até pra mim. Só tome cuidado. O que Ramiro não tem de inteligente, ele tem de maluco, não duvido ele levar uma faca pra escola um dia desses e te cortar. Timóteo o olhou com raiva, e se ele me cortasse? Antônio sabia que Timóteo não conseguiria ser agressivo e lidar com tamanha brutalidade. Timóteo abriu a porta do quarto, mas parou, você não vai entender nunca Antônio, sua cabeça não alcança.

Na saída, Timóteo esbarrou com Dora, irmã mais nova de Antônio que, do lado de fora, tentava escutar a discussão. Enfeitou-se mais caprichosa naquele dia, sabendo da visita de Timóteo. Quando conseguia se infiltrar na conversa, tentava passar despercebida, fingindo costume com temas desconhecidos e pretendendo um vocabulário adulto, para não menosprezarem suas ideias. Timóteo normalmente achava graça daquela menina, cheia de metal nos dentes, com corpo que crescia desgovernado, apressado ou atrasado, mas nesse dia nem a cumprimentou. Antônio saiu do quarto e ao se deparar com Dora, mandou-a sair, essa conversa não é para você. Viu Timóteo de saída, na porta de casa, e ainda teve tempo de o advertir, tome cuidado com Delfina, essa mulher só existe na sua vontade.

Na volta para casa, Timóteo caminhava olhando para o chão, desviava das poças desenhadas no passeio, orientado pela luminosidade escassa dos postes. Não costumava andar por esse trajeto, achava perigoso, mas nesse dia não se incomodou, como não se importaria se naquele momento o abordassem, armados de faca ou fogo, o ameaçassem ou agredissem, o cortassem ou furassem. Pensou se deveria pedir ajuda a Michel. Os pais costumam saber sobre as mulheres, sobre a violência de outros homens e como aplacá-la. Bateria à porta da garagem e o chamaria para o sofá da sala, o que faço, pai, me ajuda. Tentou imaginar seu acolhimento, mas nenhuma imagem lhe pareceu familiar. Nunca tiveram essas conversas, nem no dia em que sua mãe sumiu de casa, depois que ele chegou sujo e amassado como um jornal velho ou quando estava sozinho e sua mãe sangrou. Jamais entendeu suas viagens e como voltava feliz e calado, sem contar nada, e por que deixou de partir depois do dia em que Teodoro nasceu e morreu. Quais palavras seu pai poderia dizer agora e o que pensaria delas? Questionaria seus argumentos, duvidaria das suas experiências, tomaria como covardia qualquer conclusão?

Assim que o sinal tocou, Timóteo foi avisado de que Ramiro o esperava no pátio. Volteava pelas velhas carteiras de madeira tentando manter-se calmo, mas sua cabeça ia e voltava, lhe dizia para fugir. Era um covarde? Pela janela, procurou um caminho discreto de saída, mas os corredores estavam cheios de curiosos. Não poderia evitar, viraria motivo de chacota, seria caçado pelas ruas, na sua casa, seus pais saberiam, melhor enfrentá-lo agora, sufocar esse assunto o mais rápido possível. Se quiser me matar, que venha, não vou cair como um coitado, posso ser preso ou expulso, só um de nós vai sair daqui vivo, esse filho da puta, vou até o fim, machucado ou cortado, vivo ou acabado.

Ao chegar ao pátio, uma meia-lua de estudantes se formava no canteiro. Ramiro, ao centro, com o punho cerrado, tentava ignorar a euforia dos alunos, não queria entregar-se à selvageria, o diabo desembestado quando começasse a bater, poderia não ser mais ele, a vontade de acabar com tudo. Timóteo se aproximou e o olhar piedoso de Delfina esfriou todo seu sangue. Já não encontrou a mesma coragem e disposição. Pediu um tempo, agachou para amarrar os sapatos, mas esses segundos adicionais não bastaram para um novo plano. Quando levantou, Ramiro partiu para cima dele e esmurrou seco sua cabeça, doíam as pancadas, o capo da mão lacerando a têmpora e os ossos do crânio contraídos para suportar os golpes. As bofetadas mais chapadas estalavam nas orelhas e Ramiro, de braços esticados, impulsionado pela rotação do quadril, ganhava força e voltava a desabar a mão em seu rosto. Sentia as palmas abertas, os safanões, e ajustava posição para proteger orelhas e pescoço. Ramiro machucava Timóteo, mas não conseguia derrubá-lo. De olhos fechados, Timóteo se vergava cada vez mais, defendia cabeça e tórax. O empuxo das bordoadas não cessava nem o levava ao chão. Estava quase completamente curvado, ainda em pé em uma posição semifetal, quando parou de sentir os socos na cabeça.

Manteve-se na mesma posição de defesa, sem abrir os olhos. Ficou com receio de se desarmar e ser essa uma tática de Ramiro para atingi-lo com um golpe definitivo. Abriu, desconfiado, primeiro os olhos, ainda guardados pelos cotovelos e braços, e espiou Ramiro imobilizado no chão e Antônio em cima dele. Delfina correu para o centro da roda e tentou proteger o namorado, implorando a Antônio que pusesse fim à surra. Antônio não a escutava e o castigava com mais força até se borrar com o sangue que descia espirrado do nariz de Ramiro. Parou de esmurrá-lo e se levantou sem pressa. Os inspetores o esperavam. Antônio conhecia as consequências.

Todos os dias, Antônio despertava às seis da manhã para ajudar sua irmã Dora a acordar, tomar café e levá-la até o ponto de ônibus. No dia da briga de Timóteo, uma chuva caiu com pressa, todas as gotas juntas pesando como uma, e atrasou Antônio, Dora, o café e o ônibus. Quando voltou da rua ensopado, Antônio encontrou a mãe esperando na porta, intercalando a vista entre ele e o relógio, indisposta a explicações. Apegou-se àquele atraso como justificativa para a costumeira rabugice.

Desde que o pai os abandonou, a mãe semeava seu rancor todos os dias, pouco a pouco, como uma raiva paciente que não deveria esgotar. Antônio nunca se esqueceu de quando ela entrou no quarto, uma semana depois do seu décimo aniversário, e lhe contou que seu pai tinha ido embora. Quando as fotos da festa foram reveladas, seu pai já não estava lá para vê-las. Contemplava a foto do bolo, a família sendo família pela última vez, assoprando a vela, pedindo por sonhos que só aconteceriam em separado. Foi a última vez que viu a mãe chorar. No início, tentava se encontrar com o pai, mas ele vivia ocupado ou distante. Chega, um dia falou à Dora, pensando poder simplesmente decepá-lo da sua vida, qual um galho podre que se poda sem remorsos.

Na escola, Antônio se fechou na biblioteca, digerindo lentamente o desgosto pela mãe como um pedaço grande demais para ser engolido. Ao sair no final da aula, percebeu a movimentação atípica dos colegas e foi conduzido até o centro da roda onde Timóteo apanhava sob aplausos de toda a escola. Ficou com medo de perder o amigo, por morte ou vergonha. Bateu em Ramiro como se ele fosse a ausência do pai, o azedume da mãe. Ramiro era as injustiças do mundo.

Apartado na sala da coordenação, Antônio escutou a coordenadora ligar para que a mãe o buscasse. Na escola, ela rompeu as portas, dirigiu-se a ele sem fazer pergunta. Tinha pressa para coletar o menino problemático que colocara no mundo. Antônio pediu para ela se controlar, não ser agressiva com ele na frente dos outros. É um marginal como o pai, disse à coordenadora, falta muito para endireitar esse moleque. Antônio estava condenado, por genética, a uma reabilitação eterna. A mãe cravou as unhas no braço dele e o levou para casa.

Assim que a condução da escola parou na esquina da sua casa, Dora estranhou, Antônio não a esperava. Subiu ao seu quarto onde a cama pequena, a mesma que ganhou aos seis anos, quase não acomodava seu corpo de treze. No armário, vestidos de diferentes tamanhos, enfeitados de babados e botões, e fantasias de princesa, contava quase todas, Bela, Aurora, Rapunzel, com um adereço preso à cada roupa. Pegou uma das bonecas enfileiradas na estante e, com um pente miniatura de plástico, alisava com paciência seus cabelos. Todas as suas bonecas tinham o mesmo nome: Dorotéia. Mesmo quando eram castigadas pela maldade de outras crianças, que lhe arrancavam os braços, amassavam as cabeças ou pelavam os cabelos, Dora poderia sempre repor sua Dorotéia por outra boneca. Joga isso fora, fica acumulando essas tranqueiras de criança, sua mãe dizia, mas Dora sempre adiava o dia em que esvaziaria o quarto. No centro da mesa de cabeceira, um retrato em que sorria no colo do pai, uma das únicas fotos que possuía do tempo em que eles viviam na mesma casa.

Nos dias de rabugice da sua mãe, Dora se isolava no quarto e passava o dia brincando com suas Dorotéias, simulando ser uma mãe melhor do que a sua, tentando, ainda pequena, construir uma história de carinho e afeto que pudesse substituir as suas memórias. Depois da aula, Antônio tinha o hábito de entrar no quarto da irmã, jogar as bonecas no corredor, arrancar as cobertas da cama e arremessar os travesseiros em seu rosto. Não gostava de vê-la quieta. Dora lhe perguntava sobre a escola, se as provas ficavam mais difíceis, queria poder sair de casa sozinha, tinha tanto a fazer. Imaginava o futuro e se perguntava se tudo o que queria caberia em seu quarto.

Dora escovava o cabelo no quarto quando a mãe e o irmão chegaram batendo boca, você vai aprender a me respeitar, seu pirralho abusado. Pelo espelho da penteadeira, viu todas as suas bonecas na estante, sempre se constrangia com as brutalidades da sua mãe, e fechou a porta. A mulher ergueu no ar um cinto velho do marido, mas Antônio segurou seu braço, impedindo o chicote de encontrar seu corpo. Não era uma criança para quem o respeito abafaria aqueles golpes. Dora tentava desvendar os barulhos e as ameaças. Temia um dia Antônio se chatear e também partir para não voltar. E todos deixarem-na, tirando dela a chance de um dia deixar alguém, e ficar presa naquele tempo e naquela casa, amarrada à mãe e ao seu passado.

Michel entrou no quarto, temos que ir, vou te esperar no carro. Ainda não tinha visto o rosto tão machucado de Timóteo, coitado, por que a vida precisa ser assim? Dez minutos de viagem se passaram até ele falar, sua mãe me disse que foi uma menina. Timóteo procurou instintivamente segurar o puxador da porta e, em seguida, algum ponto em que pudesse se fixar. Não precisa me contar nada, meu filho, mas é importante que saiba como a vida funciona. Gostar de alguém pode ser coisa traiçoeira. A gente se ilude, nem sempre por culpa da mulher, mas cria o que não existe, inventa o que quer que seja. Está me entendendo? Timóteo acenou com a cabeça. Empurrava com as duas mãos seu corpo contra o banco e procurava a loja pela rua, não sabia onde ficava. Para o homem, Michel seguiu, é importante ter sempre as rédeas, garantir controle, ninguém consegue ser feliz com altos e baixos o tempo todo. Michel desacelerou o carro e acionou a seta para a direita. Timóteo relaxou no banco.

Essa é a melhor casa de ternos da cidade, repetiu ao filho a mesma frase de quando se ofereceu para acompanhá-lo na prova da roupa de formatura. Você vai se lembrar desse dia pelo resto da vida, essas fotos vão ser vistas e revistas pelos seus filhos e netos, precisa estar bem arrumado. O alfaiate entregou a peça esticada no cabide. Seu corpo magro ganhou postura no traje recortado, ergueu a cabeça e colocou a mão no bolso, pôde ver seu reflexo de braços dados com Delfina. Desde a briga com Ramiro, Timóteo sabia que Delfina o procurava, mas não queria ser convencido, preferia depurar aquela raiva. Seu rosto inchado destoava de toda beleza que enxergava no espelho. A gola apertava seu pescoço, ou talvez fosse o sufocado de quando pensava em Delfina. Não sei se a camisa preta fica bem com este terno, Michel pontuou. Eu gosto, Timóteo não deixou que o alfaiate respondesse, quero levar.

No caminho de volta, Michel pensou em não voltar a tocar no assunto, queria terminar o dia com uma boa memória, como se a noite a encerrasse e não se pudesse revisitá-la. Pela primeira vez não estava ausente nem atrasado. Notou que Timóteo gostou da música que ele escolheu, aumentou o volume e abriu os vidros do carro. Deixou apenas uma mão no volante, enquanto o outro braço ficou apoiado na janela. Sabe, meu filho, minha experiência diz que quando uma relação começa assim é difícil melhorar, tudo tende a piorar. Você sabe, sua mãe e eu tivemos nossos desentendimentos, mas sempre com parcimônia, sem escândalos nem constrangimentos.

Dessa vez, Timóteo sequer acenou com a cabeça. A imagem no espelho despertara novamente sua confiança, como Delfina reagiria quando o visse bem vestido e seguro? Não se importava? Recorria às lembranças tentando apontar no comportamento dela possíveis maldades desapercebidas, intenções distintas das aparências. Seria tudo um grande mal-entendido, desses naturais do início de relacionamento, mas que o tempo engaveta. Tudo mudaria quando ele e Delfina oficializassem o namoro. A sensação de clandestinidade, que no início o instigava, agora incomodava. O amor só existe no visível, o demais é teimosia de querer.

Ao chegar em casa, Timóteo encontrou a porta da garagem aberta e se deu conta de que há muito tempo não entrava ali. Nunca mais tinha notado o porta-retrato de seu pai, sem camisa, abraçando sua mãe que mirava a câmera tímida em um distante verão. Tentou fazer daquela foto uma memória, mas não se lembrava de ter visto os pais se beijando, trocando carícias apaixonadas, ou mesmo aproveitando juntos um dia de sol. Todas as conversas de que se recordava eram sobre afazeres ou pendências, um punhado de lembranças e planos de pouca relevância. O telefone tocou, deixa que eu atendo, era Delfina.

Reencontrados em uma mesa de bar, Timóteo e Delfina estranhavam estarem tão apartados. As mãos se procuravam e se perdiam e as pernas conspiravam sob a mesa. Timóteo resistia, queria saber o que aconteceu. Delfina arqueava as sobrancelhas sem sorrir, Ramiro acha que sou propriedade dele, já terminamos, você sabe, mas não se corta uma relação longa assim, não quero que ele sofra. Timóteo buscava a única resposta que o apaziguaria, mas por que não podemos falar que estamos namorando? Delfina não o deixou concluir, não queria mais confusão, todo mundo acha que sou uma vagabunda, não quero ficar divulgando minha vida por aí. Além disso, falou mais baixo e mais perto, só quem precisa saber a verdade é você. Delfina foi aproximando seu rosto, cercando os olhos de Timóteo, ameaçava acariciá-lo, por que você não confia em mim? Timóteo sentiu seu cheiro, Delfina se encostando, encurralando, encostou a boca em seu rosto. Ele ressentiu aquele afeto e foi, mais uma vez, inundado por ele. Já não pensava em minúcias. Queria Delfina.

Na escola, Timóteo saiu andando na frente, atravessando com pressa o tapete vermelho que fora estendido para receber as famílias. Holofotes improvisados realçavam os balões roxos e dourados no palco escuro e, suspensa no ponto mais alto da escola, uma faixa acetinada mostrava a foto e os nomes dos cinquenta e dois formandos homenageados naquela noite. Michel caminhava com solenidade e quase não reconheceu os professores, trajados de gala e maquiados. Parou em frente ao cartaz e tentou localizar o filho. Na foto, Timóteo estava apático, seu rosto redondo encaixava no capelo, olha o que a gente conseguiu, Lúcia. Lúcia? Está ouvindo?

Lúcia andava distraída. Naquela semana, Dito lhe puxou seco, precisamos conversar. Aquele tom de repreensão, devia estar pensando há dias no mesmo assunto. Tinha medo dessas ideias abafadas, nutridas por uma só pessoa, crescendo desgovernadas. Naquela noite, deveria ter tirado a perna de imediato quando ele encostou em sua coxa. Deixou alguns segundos a mais, notou seu corpo rebulindo, seu olhar querendo, sem juízo, e por não rechaçar de imediato, percebeu suas intenções, os sinais incessantes, fincando aquela imagem, para que a descartasse ou para que seguisse pensando sobre ele, mesmo quando não mais sentisse a perna em sua coxa.

Timóteo antecipou-se aos pais e alcançou mais cedo o local onde as famílias se acomodavam. Antes de descer sob os holofotes, checou novamente a roupa, se a gravata estava desalinhada ou se suava demais nas axilas. Avistou Delfina distante. Seu cabelo mais curto agora descobria a tatuagem, o contorno de uma flor de lotus, bem abaixo da orelha. Fosse mais corajoso, teria eternizado seu nome na pele. À medida que se aproximava, conseguiu discernir melhor quem estava ao lado de Delfina, à direita, o pai, a mãe, tinha os visto em fotografias. À esquerda estava Ramiro. Ramiro. Na mesa apertada, seus ombros se tocavam, pareciam colados. Poderia ser ou não ser.

Pouco se consegue ver nesses roçamentos, a carne sempre traiçoeira. Timóteo partiu em direção a Delfina. Teve certeza de que sentiam a pulsação do outro, como ele mesmo quando sentavam juntos no almoço ou quando se encostavam sem motivo. Desistiu do confronto, não saberia o que fazer, cederia a uma raiva insana, xingaria ou a machucaria. De longe, acompanhou os olhos de Delfina aterrissarem em Ramiro apaixonados, pertenciam um ao outro, e Timóteo apenas uma obstrução que o tempo a faria esquecer. Tentou ligar, mas ela não atendeu, mandou mensagem, deve ser um engano, gravou mensagem, veja o que vai dizer, uma, duas, cinco, dez vezes, puta!

Quando resolveu ir embora, sua mãe o espiava detrás de uma pilastra. Disparou, cruzando os colegas e suas famílias, os funcionários e professores sem dar tempo para que ninguém o parasse ou o questionasse. Lúcia foi atrás dele, não vá embora, o que aconteceu, logo vão chamar seu nome, você precisa aproveitar esse momento. Sai daqui, você não entendeu? Não aguento mais você me olhando com essa cara preocupada, como seu eu precisasse de você. Não suporto essa bosta dessa vida, essa vagabunda, quero mais que ela dê pra Ramiro, dê pra escola inteira, só me deixa em paz, não quero ver você, não quero ver ninguém.

Há mais de uma hora Michel vagava sozinho pela festa. Seus calcanhares não suportavam mais dar voltas na escola. Circulava por entre mesas e convidados, fingindo procurar algo ou alguém, trocando saudações cordiais com desconhecidos. A cerimônia começava, precisava encontrar Timóteo antes que anunciassem seu nome para subir ao palco. Sentiu a camisa úmida e encostou no bar mais longe das mesas, onde o som dos alto-falantes chegava distorcido, dando a impressão de estar ainda mais distante. Os alunos subiam ao palco, recebiam seus diplomas e, aliviados, posavam para fotos com pais emocionados. Você é pai de algum formando? O garçom servia uma dose de cola com rum. Sou sim, do Timóteo, ainda não chegou a vez dele, começa com T, é dos últimos.

Dito esperava Lúcia no Casarão quando ela chegou da escola de Timóteo. Desta vez não percebeu a presença dele na porta, atordoada pelos eventos da formatura. Não gostava quando ele a seguia pelo Casarão e a surpreendia repentino. Às vezes preferia ficar sozinha. Todos os que ainda estavam no Casarão pareciam buscar alguém para despejar seus remorsos, os arrependimentos, a impossibilidade de reverter seus destinos. Lúcia preferia andar desvinculada e leve para respirar o ar que lhe faltava em casa. Não poderia carregar mais ninguém. Ele, sem sequer olhar para Lúcia, pediu que o seguisse até o seu escritório, no segundo andar da casa.

Preciso falar com você, amaciava a voz grave para que, mesmo sério, não perdesse ternura. Se acomodaram no pequeno escritório onde ele fazia a contabilidade e recebia fornecedores. Sabe, eu nunca tinha revelado pra ninguém a minha história com Marlene. Nem sei por que te contei, tinha medo de você se afastar. Hoje, acho que foi intuição ou destino, quando a vida decide, sem sabermos, pelos caminhos corretos. Dito parecia ter ensaiado um roteiro mais descontraído do que sua expressão nervosa denunciava. Lúcia notou seu esforço em tecer frases que parecessem bonitas ou poéticas, mas as repetições lhe doíam e os clichês grudavam em sua pele como algo de que devesse se livrar com urgência. Talvez, vinte anos antes, ela se impressionasse com palavras tão bem pensadas, mas agora pareciam superficiais e nauseantes.

Dito ignorou o desconforto de Lúcia, você acha mesmo que sua volta para cá foi por acaso? Olha que loucura, só nesses dias me dei conta que, por quase vinte anos, te esperei sem saber. Veja quantos sinais, quantas coincidências, não dá para fugir do destino. Tá na cara, Lúcia, eu te amo, tenho certeza, e quero que venha morar comigo.

Lúcia tapou a boca com a mão, mas deixou escapar um suspiro sonoro, parecido com um lamento. Levantou-se e passou pelo sofá imundo, a cadeira de acrílico arrebentada e velhos retratos de Marlene empilhados sob a impressora. A janela bloqueava o som ao redor, tirava toda a vida, puxou o ar, o gabinete parecia uma gaveta esquecida. Por quase vinte anos me esperou, ela repetiu em silêncio, finalmente compreendia o tamanho da solidão de Dito. Aquele convite sem peso não sobreviveria ao tempo. Não era uma declaração lógica, amadurecida, era somente o que lhe restava, uma esmola de um futuro qualquer. Reconheceu-se na incoerência daquela fala e apiedou-se de si própria. Também se iludia com aquele romance imposturado, construído nas lacunas. Como ela, todos no Casarão já tinham morrido e renascido nos mesmos corpos, buscavam em rotas perdidas do passado ilusões retocadas e belos enganos.

Lúcia tirou a mão de Dito que estava sobre a dela e a devolveu fechada. Beijou sua testa e saiu, sabendo que nunca mais o veria. Aquele Casarão era uma ilusão. A mesma felicidade que se espalhava rápido, se esvaía, rasa e frágil, sem alicerce. Todos sofridos de dor incurável, vivendo no limite das aparências, sambando os mesmos acordes tristes por toda a vida. Só queria sair dali.

Sentado na varanda da fazenda, Timóteo mirava a folha mais da ponta do cajueiro do quintal. A casa estava vazia, ele chegou sem aviso logo após a formatura. A folha sacudia intermitente pelo vento. Se caísse, Delfina o procuraria, mandaria um recado por Antônio, ligaria para o sobrado a qualquer momento justificando-se e alegando saudade tanta, queria vê-lo o quanto antes. Mas a folha resistia, essas pencas grandes do cajueiro têm um talo muito grosso, só caem doentes ou quando, secas, se esfarelam aos poucos no ar. Procurou no umbuzeiro velho, de tronco acinzentado, as folhas menores e o talos fininhos, seria o justo.

O sol caiu e a luz mais bonita irradiou no prado. Timóteo selou um cavalo e partiu. Galopou pelos mesmos pastos da sua infância. Quis deixar a sela frouxa, como fez seu avô quando caiu e perdeu os movimentos da perna e talvez como tenha feito seu tataravô Virgílio em suas últimas cavalgadas. O cavalo arredio disparava ao menor toque, não sentia a direção da rédea, o aperto das esporas. Não desviaria dos troncos altos deitados no chão, nem contornaria os precipícios. E mesmo se a sela desprendesse e seu corpo espatifasse sem vida, tudo continuaria existindo igual.

À noite, uma lua cheia se pôs sobre a terra, parecia sentada no horizonte, um balão imenso que tardava a subir. Dava para ver distante as copas das árvores na margem do rio verdejando o preto da noite. Timóteo nem abriu as cortinas, aquela paisagem inútil. Dava voltas na mesa, seu fascínio servia apenas ao corpo encantado de Delfina. Confiava que Delfina também pensava nele, hesitando ou impossibilitada de contatá-lo, tanta coisa que impede e atrasa o cumprimento do destino. Na madrugada, entorpecido pelo cansaço, Timóteo passou a caminhar apressado pelos corredores do sobrado, ensombrecendo o rosto até ficar completamente sério e preocupado. As tábuas soltas rangiam fino, os passos cada vez mais rápidos, e as mesmas imagens de Delfina machucavam e lhe davam prazer. Queria livrar-se delas mas não podia. No segundo andar, abriu as portas dos quartos e banheiros vazios, desafiado a encontrar alguém, vivo ou morto, que o enfrentasse. Não tinha medo, queria acessar os perdidos e os condenados, as últimas instâncias.

No quarto da avó, se deparou com a cama forrada branca, na cabeceira, um jarro de água e um copo vazio. Um cheiro de capim limão, ainda fresco, escapava do banheiro. Não tivesse certeza que sua avó tinha morrido, a esperaria sair do banho enrolada em uma toalha. Sentiu um chamado para entregar-se à cama, um sono devido do qual não se consegue escapar. Poderia ser a mesma cama onde Delfina gargalhava, de pé em suas costas, e depois deitada em seu corpo, se prensava e adentrava. Ela e Ramiro deveriam estar agora se metendo um no outro, sem vergonhas nem remorsos. Vasculhou as gavetas da pequena cômoda e só achou moedas sem valor e velhas bulas de remédio.

Embaixo da mesa de cabeceira, encontrou a coletânea de Shakespeare da avó, todos livros iguais com capas vermelhas e duras, semelhantes a uma enciclopédia. Percorreu com os dedos as diferentes larguras dos volumes empoeirados. Um dos livros se desalinhava, destacado dos demais, voluntariado para frente. O antigo exemplar de Hamlet tinha as bordas oxidadas, a encadernação ressecada e, pela grande quantidade de grifos, deduziu que sua avó o consultava com frequência. Um marcador de couro com as iniciais M.S. divisava o livro. Abriu-o com cuidado para não romper de vez a lombada rasgada e encontrou apenas um pequeno trecho grifado. Leu em voz baixa. "Morrer... dormir... mais nada... Imaginar que um sono põe remate aos sofrimentos do coração e aos golpes infinitos que constituem a natural herança da carne, é solução para almejar-se". Percebeu às suas costas uma presença no quarto e um sono repentino lhe enfraqueceu as pálpebras, talvez lhe chamasse a mesma alma que assombrava seu tataravô, alguém que já ouvira essas mesmas frases. "Morrer... dormir... dormir... Talvez sonhar...".

Repousou o livro aberto sobre a cama e reparou que no fundo do móvel havia um pequeno saco de veludo vermelho. Ao esticar o braço para alcançá-lo, a realidade se distanciou como um barulho de fundo e sentiu-se estar prestes a cruzar os limites do passado e do proibido. Enfiou a mão no saco vermelho e percebeu a folha de alumínio laminada e o filme de plástico selando as bolhas que guardavam os comprimidos. Ao lado da cartela vazia, notou um bilhete manuscrito, dobrado e redobrado em um quadrado bem pequeno de papel. Teve que abri-lo com a ponta dos dedos, precisou encostar bem perto o rosto para ler a única frase escrita: Encare a vaziez sem medo nem esperança.

A voz de Antônio invadiu o sonho de Timóteo. Ele o chamava com tanta vivacidade que o despertou de um sono profundo. Não tinha trocado a roupa e, à medida que abriu os olhos, recobrou vagarosamente a memória da noite anterior. Estava na cama da avó, o copo de água vazio na mesa de cabeceira, Hamlet aberto ao seu lado junto com o saco vermelho. De repente, o sono se tornara insuportável, morrer, morrer, dormir, devia ter apagado. A luz invadia o quarto através das cortinas, escutou passos mais fortes no corredor, Timóteo, ainda dorme? Levantou-se pouco antes de abrir a porta para Antônio, que chegou brincando, está parecendo um ermitão com essa barba. Timóteo não teve coragem de conversar com o amigo desde antes da formatura, o que lhe diria? Tudo o que pensou parecia confuso ou emotivo demais, devia-lhe desculpas, mas custava reconhecer seus enganos e confessar suas ilusões sobre Delfina. Desceu do quarto e serviu um café para Antônio, vamos pegar os cavalos e dar uma volta na vila aqui perto.

A televisão ligada do bar era o único sinal de vida na esquina do pequeno largo. Uma atendente se abanava com um talão de pedidos enquanto se distraía com a televisão. Uma cerveja, está gelada? A moça levantou contrariada e pegou uma garrafa no freezer, quer mais alguma coisa? Pode trazer essa coxinha, apontou para o salgado esquecido no canto da pequena estufa. Timóteo e Antônio escolheram a mesa que parecia mais fresca, num canto sombreado da calçada. A moça serviu os dois, pode deixar a cerveja e trazer outra. Antônio aguardava o silêncio, como quem arma uma emboscada, a brecha viria e com ela a pergunta, e Delfina? Sempre vinha aqui a cavalo quando era mais novo, passava na feira e depois comprava bala naquela banca, Timóteo se apressou em desarmar o silêncio. Aproximava-se a hora do almoço e nas ruas empoeiradas, cortadas por estreitas vias de barro, carros e carroças sacudiam no paralelepípedo. Timóteo pegou um palito e quebrou em três pedaços, sendo um menor que os outros dois e os escondeu, revelando apenas as pontas, entre dois dedos. Se acertar qual o menor eu viro o copo, se errar você vira o seu.

A moça desligou a televisão e por um instante podiam escutá-la batendo as unhas no balcão. Melhor agora, Antônio pensou, essas perguntas custam a sair, pensamos demais nelas, ficam ansiosas e pesadas, perdem justamente a leveza que precisariam ter. Antônio por fim deixou escapar. E Delfina? Espera, Timóteo levantou, preciso ir ao banheiro. Ele ziguezagueou até o fundo do bar, preferia não falar sobre Delfina, arruinaria a noite, não entendia essa obrigação de conversar sobre tudo e explicar cada atitude. Tem lugares que vamos porque vamos, gestos que fazemos por fazer, às vezes só queremos abraçar as pessoas e dizer eu te amo, sem pensar nos motivos ou nas implicações.

No carro de som estacionado na praça, um forró moderno distorcia barulhento a melodia das falsas sanfonas. Os três homens na mesa ao lado fumavam e falavam alto, tinha algo incômodo nas camisas abertas, os pelos transpirando à mostra. Antônio sentiu vontade de fumar, não fumava. Tem outro desse?, pediu ao homem da mesa ao lado, aqui irmão, toma dois. O que tem hoje por aqui? Festa aqui só no carnaval. Timóteo se aproximava da mesa, continuou a ouvir o homem falar, mas tem um lugar que é farra todo dia. Conhece a pensão japonesa? Timóteo não deixou Antônio responder, já ouvi falar, onde fica?

O ronco do motor sacudia o ônibus, enquanto Timóteo avistava, de longe, o cruzeiro branco no alto do morro. Há uma semana, os caminhões e os homens subiram os tapumes, tapando a visão das ruas em um véu duro que despertava expectativas. Tesas barras de ferro se encaixaram em estruturas maiores, forradas por lajes improvisadas de folhas de compensado entreabertas, com antigos cartazes descolados, molhados, sacrificados pelas festas. Desde que passou a temporada na fazenda, todo ano voltava, sempre nessa época do ano, em que a cidade enchia e parecia outra. Podia espairecer sozinho, buscar distração, alegria certa. Ruas e avenidas, durante o ano desertas, mal caminhadas, agora se adornavam sedutoras convidando intimidades. Uma cerração dançante deslumbrava o mesmo ar, as mesmas pessoas, a mesma cidade. Uma rotina esquecida que se cobriria de serpentinas e felicidade. Aquela vila distante do mundo só se permitia existir no carnaval.

Timóteo sentou-se no bar que parecia aguardá-lo e pediu uma cerveja. Cercou seus pensamentos e tentou preservá-los para outro momento. Bebeu sozinho e concentrado, buscando o ponto exato de uma fórmula, a alquimia entre o álcool e seu corpo. A bebida foi desenroscando suas porcas, soltando seus rebites. Pessoas chegavam em blocos e cores, também desencaixadas, sem seus parafusos, dançando sobre a calçada, em cima das árvores e das mesas. O carnaval são poucos dias. Todos podem ser felizes em poucos dias. Já se levantara e acompanhava a multidão. Avistou uma moça sorrindo para ele. O sorriso premeditado e inseguro, o cabelo por demais arrumado. O short branco e a camiseta elastecida pelos muitos anos de uso. Tinha uma confiança frágil, uma insegurança que lhe hesitava o sorriso, uma verdade ingênua. Não pensou mais. Abriu caminho naquela abundância de gente. No alto do trio, uma banda feria um tom apaixonado. Era terça de carnaval.

Dulce apalpou o mesmo short jeans branco de quando tinha quinze anos. Calçou os sapatos que comprou para trabalhar e que usava até a sola achatar fina, confundida com seus pés. No espelho fraturado, adesivado em uma chapa de madeira, concentrava o olhar nas porções decadentes do rosto, que revestia de base e corretivo, evitando julgar a própria aparência antes de suavizá-la. Definhava precoce numa vida desamparada. Não sabia se estava cansada ou triste, habitualmente triste, como um estado que progrediu e se abrigou na sua personalidade. Vivia à espera da corda jogada do alto que a tiraria desse fado. A ilusão do carnaval.

Naquele mesmo dia, dez anos antes, seu pai saíra pela porta dos fundos e nunca mais voltou. Vou ter que sair. Como um vagabundo descuidado e perdido, submergiu da vida num buraco sem fundo. Tocou o rosto destapando a memória daquele último beijo. Era uma terça-feira de carnaval. No dia seguinte, e em todos os anos que sucederam, o procurou. Em um perambular ermo, quase bêbado, clamava alto, como cantando, pelo seu nome. Por todas as esquinas e todas as ruas, marchou mórbida em um bloco triste empurrada pelo povo, desfilando pela vida cansada, salpicada de desespero e confete. As lágrimas molhadas, serpentinas coladas, desviando o rosto, buscava, dentre tantos outros, o de seu pai. Dentre pulos e máscaras, beijos, sandices de carnaval, uma multidão alheia. Dulce presa na solidão do seu propósito, imersa em alegria que parecia sem fim. Resignou-se entregue à imundice das canaletas. Mijos escorriam por latas amassadas, ruas pegajosas da cerveja seca que grudava nas solas dos sapatos, pequenas poças de lama preta no calçadão. O amanhecer da quarta-feira de cinzas.

Mãe, tô saindo. Dulce empurrou a porta com os pés e ouviu a maçaneta frouxa estatelar no chão. Do lado de fora, constatou a mancha escura esverdeada que descia do teto e se dispersava pela casa. Ainda pôde escutar Deuscélia tossir um catarro denso, pesado demais para ser cuspido. Passou pelas moringas quebradas ao pé da mangueira e por uma caixa d'água vazia encostada no muro. Quando cruzou o portão não olhou mais para trás. Buscava uma brecha de fantasia, um lapso de atenção de um Deus distraído. Saiu para rua, sorria, indiferente ao short puído apertado em seu corpo e à poeira que subia encardindo seus sapatos. Avistou um rapaz a encarando distante, esticando o pescoço. Vestia-se estranho como um forasteiro. Gostou.

Timóteo caminhava imune à multidão que avançava em sentido contrário. Empenhava-se em não deixar escapar o rosto da moça, dentre tantas outras, na imensidão desconhecida. Finalmente alcançou a distância de um braço que os separava. Os alto-falantes abafavam as falas quando ela sentiu os dedos entrelaçando os seus e puxando-os em um chamado inadiável. Arrimando a mão na cintura, Timóteo a surpreendeu, um beijo. Ela ergueu os calcanhares para deixar a boca mais perto e serpenteou o pescoço de Timóteo, separando os cabelos alourados por detrás da orelha, para não lhe molestar o rosto.

A música alta se misturava com todos os sons ao redor. Gritos, vendedores, confissões, desesperos, cochichos, empurrões. Um rumor uníssono, confundido em uma massa visguenta e incolor, comprimido no espaço do seu ouvido. Timóteo sentiu seu cheiro forte, de xampu barato, seus braços brancos e pegajosos como os de uma lagartixa. A ponta fina das unhas, pintadas de um roxo cetinoso, lhe raspava o rosto. Ele temeu ser arranhado e, de alguma forma, marcado por mais tempo do que aquele momento merecia. Contemplou com tristeza as pessoas ao redor, o silêncio das suas conversas antes de a música começar e a fingida alegria embalada pelo efeito da cachaça. O olhar infeliz dos que sorriam, escondido na agitação, e a sensação de fracasso que ganhava uma trégua naqueles dias. Espantava-lhe aquela consciência involuntária e aflita. Queria fugir das reflexões e participar ignorante daquela alegria. Apertou mais forte o rosto contra o de Dulce. Ela interpretou como intensidade e correspondeu, pressionando o ventre contra o corpo do rapaz.

Dulce beijava-o fazendo carícias circulares no rosto, como as de uma namorada, num romantismo descabido para as ruas de carnaval. Tanta entrega reforçou o desprezo que se construía em Timóteo. Pegou Dulce pela cintura e a apertou, sovando a pele em seus dedos, sugando sua língua com violência, machucando o rosto com a barba de poucos dias. Dulce confundiu a raiva com desejo e o beijou de forma virulenta. Mordeu sua orelha nas pontinhas, quase escorregando os dentes. Uma garoa fina caiu e a chuva escorreu em seus corpos. Correram para se abrigar na pousada de Timóteo.

No caminho até o quarto, Dulce foi se apequenando, queria tirar a maquiagem, o jeito de adulta, o rosto sedutor. Quando a porta do quarto fechou, Timóteo avançou, imprensando-a contra a parede em um apetite afobado que a assustou. Ela hesitou entre pedir calma e se permitir. Queria perguntar: você vai cuidar de mim?

Timóteo continuou tentando tirar a roupa de Dulce, autorizado pelo seu silêncio e pelos sussurros involuntários que escapavam da sua respiração. Abraçou-a de pé e jogou seu peso para caírem, um por cima do outro, deitados na cama. Já sentia o insuportável, se apertava nos tecidos, nas suas formas e volumes.

Dulce, receosa de interromper os avanços de Timóteo, não conseguia parar e decidir o que queria. A barba lhe incomodava espetando o rosto, os beijos eram duros e secos. Não sentia prazer ou conforto, mas apegava-se à ideia do forasteiro predestinado que chegaria de repente e a salvaria. Sentiu o botão do seu short abrindo e tentou puxá-lo com a mão, querendo se manter vestida por mais tempo.

Timóteo tirou toda sua roupa. Seu membro duro, queria furar pele, furar carne, adentrar algum corpo pelas passagens de aperto. Não se prendia ao rosto, não o queria, fixava-se apenas nos recortes do seu desejo. Dulce deitada na cama, seu corpo distribuído no colchão, os olhos abertos. Você tem camisinha? Encarava o inevitável. Tenho, não sou maluco.

Dulce não se decidiu com firmeza até perceber Timóteo adentrando seu corpo. Depois de algum desconforto, começou a sentir um agrado no roçar da pele íntima, um calor que não era dela transitando pela sua umidade. Mas logo esqueceu qualquer prazer. Timóteo pesava deitado, bufando como um porco, respirando carregado, exalando cachaça e cerveja pela boca e pelo suor. Movimentava seu quadril indiferente à Dulce, buscava o atalho mais rápido para se saciar. O suor de Timóteo a enojava. Seu peso lhe sufocava. Seria mais rápido deixá-lo fazer logo o que queria. Balançava-se junto com a cama em movimentos que eram dele, olhava para o teto distraindo pensamentos, contando os segundos.

As paredes do quarto ressoavam o som do carnaval. A luz estava apagada, e os corpos não mais sentiam o desejo, eram frios e sem vontades. Dulce, sentada à cabeceira da cama, assistia Timóteo dormir. Não sabia o que fazer. A fábula de um amor forasteiro foi desmoronando rápido e uma agonia, semelhante a uma intuição, lhe impedia de dormir naquela cama.

Viu seu short branco e sua camisa caídos no chão junto com as roupas de Timóteo. Se apressou em se cobrir inteira. Chamou por ele e o tocou com a ponta dos dedos para que acordasse. Na verdade, queria que ele a percebesse, que a chamasse de volta para a cama, sentir o calor de dentro da coberta, desculpe, ele diria, não quis causar uma má impressão, gosto de você de verdade, não vá embora. Dulce murmurou carinhosa que era tarde, estou indo para casa. Timóteo não se deu o trabalho de virar o rosto, boa noite. Dormiu.

Deuscélia forrou com uma toalha a mesa debaixo da mangueira no quintal e enfeitou, com balões amarelos, os troncos que a cobriam do sol. Os balões pareciam mangas gigantes, perfeitas e sem manchas, flutuando sobre a copa verde e densa. Aquela árvore era mais antiga que a casa, mais antiga que Deuscélia e Michel. Sua idade era desconhecida, mas os que viviam ao redor estimavam em mais de cem anos. Por cima da mesa, três bandejas de brigadeiro, casadinho e pé de moleque e duas bandejas de pães e coxinhas. As velas em cima do bolo encomendado por Michel indicavam seis anos de vida.

Deuscélia terminou os últimos preparativos da festa e foi se arrumar. Michel e Dulce ficaram no jardim. Adoravam procurar no céu vaga-lumes diurnos. Tentavam prender qualquer mosca e examinavam se tinham algum facho de luz apagado no abdômen. Atraíam-nos com açúcar e prendiam-nos com um copo transparente de plástico. Aproximavam o rosto ao mesmo tempo, lentamente encostando a cabeça um no outro e no copo. Riam daquela audaciosa missão que sabiam fracassada.

Sentada no colo de Michel, Dulce recitou os nomes de todos os colegas e amigos que chegariam para a festa. Luís Felipe, João Otávio, Mariela, Luísa, Carolina, Maria Célia, Henrique, Ana Laura. Michel nunca participou dos encontros da escola, de festas de colegas ou dos eventos sociais. Daquele mundo, nunca fizera nenhum amigo e sua vida ali era restrita à Dulce e Deuscélia. Sabiam que ele existia, como um boato ouvido pela rua, mas jamais confirmado. Naquele dia, Dulce concretizaria o pai para todos, lhe daria vida para além daquela casa.

No dia em que Michel escolheu e comprou aquele lote, a mangueira do quintal já existia. O pedreiro que construiu a casa estava prestes a derrubá-la quando Deuscélia insistiu que não o fizesse. Queria uma árvore no quintal, um tronco ancestral, que sobrevivesse a ela e aos que viriam, ancorada ali como testemunha da sua família. Suas mangas verdes se tornaram rosa, a casca dos frutos foi afinando delicada, como membrana de vida recente. Suas folhas mais pontudas e elegantes sofisticavam na forma e no desenho. Seu tronco, outrora duro e áspero, alisara macio e aveludado, qual mastro de pau-mulato.

Nenhum convidado tinha chegado quando o telefone tocou e Michel se levantou em um susto, derrubando do copo o espumante que acabara de abrir. Não era comum ligarem para ele e poucas pessoas tinham o telefone da casa. Mãe e filha se entreolharam. Não saberiam quem poderia estar do outro lado da linha. Não poderiam perguntar. Não saberiam estimar quais possíveis desfechos daquela ligação. E, por não saberem se deveriam temer algo, temiam por tudo. Michel voltou para o quintal, carregando sua pasta, com um olhar sério e passos apressados. Deuscélia pressentiu o pior, mas acobertou sua intuição para acalmar sua filha, que se agarrava ao pai, sem entender o que acontecia. Michel a abraçou forte e beijou seu rosto, vou ter que sair. Era o aniversário de seis anos de Dulce, era o dia em que o apresentaria para seu mundo, era uma terça-feira de carnaval.

Lúcia abriu desanimada a caixa do presépio naquele ano. Desde que deixara de frequentar o Casarão, voltou a se encastelar em seus livros e só se dava respiro no final da tarde, quando, todos os dias, tirava a garrafa de uísque do armário e preparava um pequeno balde de gelo. Todo seu corpo parecia esperar o cinerar da bebida na garganta, o ardor que era também equilíbrio e afago para sua mente. Passava horas na poltrona da sala, escutando o tilintar do gelo enquanto a penumbra se desmanchava na noite. Nada acontece, que assim seja. Estava cansada das brincadeiras do destino, as artes do Tinhoso. Mostrava caminhos e logo os desfazia ou destruía, a lembrava, não há caminhos, nem hoje nem nunca, nem para você nem para os seus. Os olhos azuis de Lúcia, mais sensíveis à luz, eram propícios a longos períodos de escuridão. Estava calma, sem funções de vontade ou desejo.

As pequenas peças de argila, de tinta desgastada e de feições desfiguradas, eram retiradas da caixa. Na cômoda próxima à mesa de jantar, Lúcia estendeu uma toalha de veludo verde e posicionou nos mesmos lugares os três reis, o burro, a criança, os pais e duas pequenas ovelhas. Mais perto da porta, varreu as folhas caídas da árvore de plástico que, desde quando Timóteo cresceu, montava sozinha. A Casa do Morro tinha todas as luzes acesas, meias penduradas na porta e presentes comprados e embalados de última hora. Na mesa, as travessas de peru, bacalhau e maionese de batata. Michel e Lúcia convidavam as poucas pessoas dos seus convívios, antigos conhecidos, a manicure, amigos dos filhos e alguns senhores que esporadicamente tomavam café com Michel na padaria perto de casa. Logo chegariam e Lúcia já estava cansada.

De vestido longo vermelho, Lúcia apressava-se entre a sala e a cozinha, levando bandejas com pães, queijos e frios, enrolados em pequenos canudos. Oi, que bom que veio, quer mais alguma coisa, obrigado, como está sua mãe, melhorou, sim, te passo a receita, mas foi Maria quem fez. Olhou para o relógio, todo ano era igual, o peru, o tender, as amêndoas, as nozes, a farofa com frutas secas, o arroz com passas, as conversas insuportáveis, sem assunto, sem jeito, graças sem-graça, risos constrangidos, comentários jocosos, os presentes que ninguém precisa, que ninguém quer, mas que devem ser comprados, recebidos, agradecidos, horas e horas de um desespero coletivo, ninguém queria estar ali, com aquelas pessoas, naquele dia, mas assim era a vida e porque era Natal, todo ano estou aqui, com essas pessoas, contando as horas, que não passam.

Timóteo avistou distante quando Dora chegou à ceia de Natal. Quase dez anos se passaram desde que a viu pela última vez. Já não tinha os metais no dente, o corpo desengonçado, as feições de menina. O terço médio do rosto, antes projetado, se alongara, as bochechas perderam volume e a mandíbula arqueou harmoniosa. Timóteo foi cumprimentá-la, instigado por uma curiosidade de reunir aquelas duas meninas distanciadas pelo tempo.

Da última vez que nos vimos, você ainda tentava ouvir minha conversa com Antônio detrás da porta. Dora sorriu constrangida, relembrando as tardes em que inventava desculpas para participar da vida dos dois. O sorriso de Timóteo reavivou em Dora um carinho antigo, preservado desde que era adolescente. Ela contou que, no último ano de escola, combinou com Antônio que iria embora. Prestou vestibular em faculdades distantes, em cidades que não saberia como chegar ou como partir. Queria reconstruir sua trajetória distante da mãe e das suas memórias, desamarrada do passado. Quando a mãe percebeu, as malas estavam na rua e Dora esperava o táxi que a levaria para a rodoviária. Achou que não voltaria e que poderia abandonar também sua prévia existência, mas, depois de formada, a maturidade a fez querer retornar para poder reformar, com olhos mais maduros, suas lembranças.

Timóteo abriu a garrafa, aceita mais vinho? Só mais um pouco, o álcool não me cai bem. E o que você faz nos finais de semana, além de estudar? Não tenho tempo para muita coisa, fico em casa assistindo televisão. Às vezes saio com algumas amigas, mas sempre termino o dia com saudade do meu sofá. Timóteo procurou no corpo de Dora alianças ou colares, tatuagens ou cicatrizes. Esmiuçava-a para responder às perguntas que não faria, se seria remédio ou veneno, se seria dessa vez. Também não encontrou nada em seus olhos, ela o encarava sem culpa e sem medo, com mais ternura do que desejo.

Ao servir a taça, a mão de Timóteo escorregou e deixou escapar algumas gotas que molharam o vestido de Dora. Ainda bem que era vinho branco, Dora não se incomodou. Desculpa, deixa eu te ajudar, ofereceu alguns guardanapos para que ela limpasse o vestido. Enquanto secava a roupa, Dora notou Timóteo acompanhando os movimentos do guardanapo, os olhos atados à sua coxa. Lembrou das advertências de sua mãe, tenha cuidado, são todos trastes iguais, olha o que seu pai fez comigo, é questão de tempo para se descobrir suas maldades, demoram mais ou menos, nos usam e depois se cansam.

Dora colocou o guardanapo de volta na mesa, desfez a perna cruzada, e esticou com a mão o vestido. Olhou novamente para Timóteo, desta vez desconfiada. Devia ter cuidado ao querer demais alguém, somos capazes de nos enganar, encontrar em qualquer lugar, mesmo que não seja exatamente o que procuramos, nos convencemos e mascaramos, já não há paciência, só queremos avançar, seguir a história, lidar com novos problemas, depois resolvemos, as questões serão outras, não estaremos presos nos mesmos dilemas, descobriremos novos caminhos que hoje a vista não alcança. Dora pegou a bolsa e começou a se levantar, tenho que ir.

Não! Timóteo reagiu tão rápido, ele mesmo se assustou. É cedo, Dora, não vá agora, deixa para ir com Antônio, emendou em tom mais calmo. Dora fez que não, mas sentou de novo, fico mais um pouco. A casa começava a sussurrar sua brisa noturna e a música na sala crescia, fazendo-os falar mais alto e mais próximos. Timóteo arrastou a cadeira e sua perna se recostava nas de Dora, seu rosto quase colado. Queria encostar seu nariz um tanto mais perto, descobrir o abafado do seu pescoço.

Lúcia acolheu Dora e Antônio como parentes queridos que há tempos não encontrava e, com um copo de uísque, conseguiu a relaxar à medida que os demais convidados iam embora. Só restavam os que exageraram, os que não queriam ir para casa, os que teimavam em esperar por alguma novidade.

O vinho animava Antônio, que começou a contar à Lúcia casos bobos da juventude que não ousaria compartilhar antes. Um dia, quando vocês viajaram para a fazenda, organizamos uma festinha aqui. Chamamos algumas amigas, compramos comida e bebida. Enquanto elas não chegavam, eu e Timóteo começamos a beber para descontrair um pouco. Passamos do ponto. No dia seguinte, as meninas disseram que encontraram a porta aberta, nós dois apagados no sofá e o tapete vomitado, um cheiro horrível. Passamos a manhã limpando a sala e o resto do ano tentando limpar nossa imagem com as meninas. Lúcia riu admirada daquelas histórias. Retribuiu dividindo também alguns acontecidos da época dos sambas no Casarão, antes de conhecer Michel. As histórias acrescentavam novas camadas à sua identidade. A mãe do melhor amigo ganhava contornos de mulher. Lúcia gostava de ouvir as ambições ingênuas de Antônio. Sentia inveja da consciência precoce daquele menino, que ainda teria tempo para viver a felicidade dos erros antes de consertá-los.

Antônio abriu uma nova garrafa, servindo a todos de ânimo para o final da noite. O volume alto do som e as luzes apagadas deixaram a sala pequena e aconchegante. Apinhados em um pequeno espaço da grande sala, tentavam adequar o balanço ao ritmo da melodia, rodopiavam os quadris e riam dos jeitos de dança de cada um. Dançaram em pares, revezados nas músicas, em braços que enrolavam e desenrolavam os parceiros para dentro e fora do peito, transpirando pelo outro a alegria que os contaminava. Timóteo e Dora reencontravam-se na dança, redescobriam seus jeitos e embaraços. Os dedos de Lúcia percorriam os ombros de Antônio, percebiam sua pouca idade e seus músculos jovens, ainda tesos. Antônio a envolveu com braços rígidos, ficou rente mas contido, sem ceder distância. Sentiu a saliência das costelas com as palmas da mão e notou um formato de corpo diferente do que esperava daquela senhora, mãe do seu amigo. Foi surpreendido por um devaneio impróprio e impensável. Reprimiu a visão daquele corpo nu que abraçava.

A música finalmente parou e todos se despediram com euforia, dando a impressão de não serem as mesmas pessoas que se conheciam há anos. Em um reflexo involuntário, um desacerto de movimento, Lúcia se despediu de Antônio com um beijo que, sem querer, lhe encostou na quina da boca. Antônio sentiu o canto dos seus lábios, a esquina de uma carne macia e notou a diferença de textura que distinguia a boca do restante do rosto. Flagrou-se rememorando aquele mesmo instante, e por seguidas vezes, a delicadeza da sua pele, a sutileza daquele quase beijo. Fantasiou a pureza daquela mulher e, sem compreender, foi dormir carregado pelo que não podia conceber como desejo.

Desde a noite de Natal, Lúcia tentava remontar as frações de momentos do que havia se passado. Não encontrou nas suas lembranças qualquer indício de afinidade ou atração. Todas as evidências apontavam para um acidente, uma falta de coordenação entre dois rostos que se despediam. A face dele se apressara, a dela atrasada. Queria? Não conseguia rejeitar o prazer daquele quase beijo. Tornou-se refém daquela memória.

Nas semanas seguintes, cada vez que Timóteo chegava em casa, Lúcia esperava ver também Antônio cruzando a porta. Preferia não especular se o quase beijo seria apenas uma pequena labareda ou um devaneio. Estava feliz só de guardar aquela vontade. Quando passava horas demais pensando em Antônio, se recriminava e desejava que ele não existisse, fosse uma fantasia inventada.

Dora estava sempre em casa com Timóteo. Os dois ainda desconcertados de darem as mãos ou se beijarem, como se seu afeto fosse proibido ou imoral. Passavam a tarde deitados na cama ou no sofá, Dora coçando a cabeça de Timóteo sobre seu colo, pressionava suavemente as unhas, arrepiando seu corpo. Queria passar o dia assim, minha mãe nunca foi de fazer cafuné, ficava impaciente. Por mim tudo bem, eu já disse à Dorotéia que encontrei meu príncipe, agora só falta o cavalo. Timóteo riu, cavalo eu consigo na fazenda, podemos casar lá, falou debochado. Eu já sei como vai ser meu casamento, na verdade seria em um castelo, mas posso me contentar com um sobrado bem decorado. Timóteo não sabia se Dora estava brincando, mas sentia-se protegido naquela inocência. Com Dora podia pensar mais reto, sonhar mais simples, sem aqueles desvios do querer demais. O amor na escuridão é menos amor? Dora o acariciou e logo passou a beijar todos os cantos do seu rosto, tinha tantas vontades. Timóteo descolava seu corpo, freava seus impulsos, evitava entregar seu corpo e ceder ao arruinamento.

Lúcia tomava seu uísque, sozinha na sala, quando Timóteo e Dora se aproximaram da poltrona em que contemplava o jardim. Mãe, Antônio e Dora vão passar uns dias com a gente na fazenda. Lúcia conteve sua espontaneidade, alegria ou medo, não sabia. Tentou repousar com calma o copo sobre a mesa, que bom, falou sem alterar o tom de voz, que dia vocês vão? Ainda não sei, Timóteo olhou para Dora, provavelmente no sábado.

Ao avistarem uma nuvem de barro despontar no alto do morro, Lúcia e Timóteo, que passeavam no quintal, voltaram ao sobrado para receber Antônio e Dora. Lúcia e Antônio se cumprimentaram, direcionando para longe os lábios dos rostos, que quase não se encostaram. Mesmo reformado e limpo, o sobrado parecia sempre estar levemente empoeirado. Quadros de diferentes idades e com duvidoso valor artístico compunham trechos da extensão das paredes. Os móveis eram os mesmos da época do seu avô. Antônio passou pela mesa de jantar e, ao perceber apenas quatro lugares postos, perguntou a Timóteo onde estava Michel, ele não veio? Não, ficou em casa, Timóteo lamentou, teve que resolver alguma urgência.

Antes de subir, lembre de passar pela frente para o cavalo saber quem vai assumir a sela. Timóteo entrelaçou as mãos e fez apoio para que Dora montasse. Ela segurou no pito e se ajeitou no assento. Seu corpo leve parecia frágil em cima do cavalo. Timóteo conferiu a firmeza dos lategos, colocou o estribo na altura do pé e apertou com força, tá pronta. Dora não tinha tanto jeito, andava meio torta, balançava o dorso desengonçado. Endireita a coluna e pé no estribo, Timóteo repetia as instruções que sempre ouviu quando era mais novo. O sol enfraquecido, detrás de nuvens esparsas, criava diferentes sombras na largura do pasto. Os raios desciam sobre o caminho, abrindo clarões luminosos que não eram obstáculos nem destinos. Dora tentava manter a rédea firme sem puxar demais, o corpo relaxado com as coxas seguras e o pé esticado, dobrando levemente o joelho. Trotava desgovernada e seu corpo saltava e rebatia contra a sela. Sorria sob o olhar de Timóteo e, contemplando a mesma imagem que o sol pintava, desejava que o dia terminasse logo para voltar ao sobrado.

Durante as tardes, Lúcia, Timóteo, Antônio e Dora, montados, percorriam as terras e se refrescavam com a cerveja gelada do antigo freezer do quintal. À noite, quando a conversa cansava junto à fogueira, passavam horas olhando o céu, retribuindo em silêncio sua imensidão. Lúcia se ausentava com frequência, preocupada em resolver problemas na cozinha ou os preparativos para o dia seguinte. Evitava prolongar conversa com Antônio. Bastava-lhe sua presença, poder apenas gostar dele, adensar as visões que criava quando os imaginava juntos. No início da noite, Antônio sempre fazia par com Lúcia no baralho e a tinha por horas ao alcance das mãos. Lúcia não conseguia se concentrar, errava e perdia. Desculpa, Antônio, estou estragando o jogo. Antônio ria, percebia o seu desconforto e, em silêncio, revivia aqueles três segundos em que sentiu a maciez dos seus lábios.

Em uma noite, Dora queimou a mão quando esquentava um espeto de milho na fogueira. Nasceu uma bolha do tamanho de uma jabuticaba e Timóteo a acudiu, levando-a para o sobrado. Ficaram Antônio, Lúcia, a fogueira e as estrelas naquele descampado. Entreolharam-se, lendo no rosto do outro as palavras que gostariam de dizer. Lúcia ameaçou sair, pretendendo alguma urgência, mas Antônio a reteve. Queria lhe falar, tentou organizar seus pensamentos, não sei o que aconteceu, se só eu estou pensando nessas coisas, se foi acidente ou se você quis, não importa. Antônio se aproximou, devagar, não vem perto, Lúcia pediu. Você é mãe de Timóteo, não dá pra acreditar, mas eu só penso nisso, naquele beijo. Num impulso, Antônio tomou-a pela cintura. Tinha os braços estendidos, o rosto avançado, quando ouviu "mãe" gritado da varanda. Lúcia se desvencilhou, temendo que Timóteo tivesse visto algo. Entrou na casa e seu filho ainda segurava o telefone. Meu pai sofreu um acidente de carro.

A recepção do hospital não sabia informar o estado de Michel. Uma senhora, que parecia enferma e aguardava na entrada, disse ter visto um senhor de sessenta anos, com descrição parecida, passando desacordado em uma maca. Timóteo se enfiou nos corredores, espiava pelas escotilhas das portas e por detrás das cortinas verdes que separavam os doentes, até que um acompanhante apontou, deve ser aquele ali, se parece com você. Pessoas conhecidas sempre lhe diziam como estava parecido com Michel. Quando criança, sua pele branca e seus olhos azuis eram mais associados à Lúcia, mas, desde a adolescência, foi se tornando cada vez mais semelhante ao pai. Possuía altura parecida, seu cabelo era liso repartido do mesmo lado e seu rosto, que foi arredondando com o tempo, era, como o do pai, um círculo quase perfeito, daquelas pessoas que poderiam facilmente ser desenhadas por uma criança de seis anos. Timóteo não gostava dessa comparação. Ele se aproximou e quase não pôde reconhecer o rosto desfigurado do seu pai.

Lúcia entrou em seguida, estou procurando meu marido. Na ala de emergência, Michel dividia uma sala com oito pacientes, todos ligados por cabos brancos que pareciam respirar de um mesmo pulmão mecânico. Não lembrou a última vez que se referira a Michel como marido. Já não pensava nisso. Quando o encontrou, chorou, vendo-o tão perto da morte. Imaginava esse momento mais adiante, suavizado pelos anos. Tocou em sua mão.

Timóteo andava em círculos, murmurando, com olhar fixo no chão. Ele me disse que ia ficar em casa, o que ele tava fazendo nessa estrada em pleno sábado? Lúcia estava preocupada, mas eram irrelevantes essas perguntas, há muito tempo não sei da vida de seu pai. Timóteo aproximou-se do leito. Ele falou que ia resolver uma urgência, eu nem quis saber. Por volta da meia-noite, entrou o primeiro plantonista e informou: o acidente fora grave e Michel só sobreviveu porque uma ambulância passava próxima ao local. Sofreu traumatismo craniano, diversas lesões na costela e uma fratura exposta no joelho direito. Não poderia ainda estimar as chances de sobrevivência ou possíveis sequelas.

Não sabiam quanto tempo Michel balançaria entre a vida e a morte ou se estava somente a repousar, recuperando fôlego para seguir. Para que todos descansassem, combinaram de se revezar em pares, Lúcia e Antônio, Timóteo e Dora. Pareciam uma só família, organizados pelo desastre que sincronizava seus movimentos. Entravam e saíam no quarto calados, cada um entregue às próprias divagações, resolviam o necessário com poucas palavras. Timóteo resistiu em sair do quarto. Se ele falou que era urgente é porque queria me contar, ou talvez tivesse certeza que não me interessaria. Agora não vou saber, nem posso perguntar o que se passava, o que fazia todos os dias fechado na garagem, qual urgência foi resolver num sábado à noite nessa estrada. Mãe, sabe se alguém ligou para ele?

De prontidão, ao lado do leito de Michel, Antônio tinha as costas curvadas em concha. Era uma marionete que despertaria ao menor sinal de Lúcia. Seus pés inquietos não paravam de balançar enquanto ela cuidava de Michel. Pesava-lhe o conflito de desejar que Michel não se recuperasse. Queria poder consolar Lúcia, fragilizada pela morte, e lhe trazer de volta ao amor e aos prazeres da vida. Mas ela não permitia aberturas, sequer sorrisos. Era mais esposa de Michel agora do que nunca. São mulheres em luto as que mais amam.

O saguão do hospital estava mais vazio no momento em que Antônio levava o jantar de Lúcia. Nas sextas-feiras os pacientes faziam um esforço adicional para passar o final de semana em casa. O eco dos passos no corredor chegava distante e impreciso, como uma cadeira derrubada sobre o carpete, e o quarto parecia ter sido transportado para algum ponto remoto do hospital. Lúcia lia uma revista no sofá, ao lado da maca de Michel, que ainda não despertara do acidente. Antônio estava aflito com a boa evolução do quadro clínico. Imaginou que, se Lúcia se dedicasse a cuidar da recuperação de Michel, poderiam reencontrar caminho de se amar. Não suportaria.

Antônio colocou a marmita sobre a pequena bancada e sentou-se no sofá ao lado de Lúcia. Pegou na sua mão e tateou-lhe a palma, arrodeou as curvas que separam os dedos e entrelaçou as falanges. Lúcia achou que Antônio apertava sua mão em sinal de apoio, lhe dando força, mas logo ele passou a acariciá-la. Percebeu que Antônio diria algo que não poderia escutar, não fale, implorou em pensamento. Ele ignorou a expressão de medo de Lúcia e puxou-a pelas mãos aproximando seus corpos. Lúcia estava cansada do hospital, cansada da sua vida, cansada de lutar contra si mesma. Antônio lhe deu um beijo, os lábios se perderam e se descobriram, os cheiros sequestrados, esperei tanto por isso. De olhos fechados, Lúcia delirou por um instante, o molhado quente da boca, os dois ofegantes, eu também queria muito. Não tinham descolado a boca quando escutaram o ranger da porta se abrindo. Ainda de olhos fechados, foram interrompidos pelo enfermeiro que entrou de súbito na sala. Ele tá consciente, seus sinais voltaram. Michel tinha os olhos abertos.

As mãos de Dulce já conheciam os contornos daquelas palavras. Escrevera repetidamente as mesmas cartas como se precisasse memorizá-las e as empilhava na mesa, juntadas e apertadas, em maços de três dezenas, por elásticos amarelos. Todas tinham o mesmo destinatário, Michel. No endereço, as duas únicas informações que guardara, "Casa em cima do morro, Assombro da vida".

Da mesa onde escrevia, avistava sua mãe deitada na cama. Já não fazia qualquer barulho, tão apagado seu traço de vida. Suspeitava que a morte a cercava. Deuscélia, abandonada por Michel, passava os dias lavando e passando roupas por encomenda. Desde a manhã até a noite, arqueada sobre a tábua, escutava as fibras se esticando, o calor evaporando a água que amansava o tecido. Presa no seu escuro, passava a enxergar mais e mais para dentro. Dizia frases desconexas e contava somente histórias de gente do seu interior. Dulce, primeiro, a internou preocupada com as fraquezas na sua cabeça. Quando a clínica a exauriu de tristeza e solidão, voltou para casa, onde todos os dias anunciava com palavras mudas sua passagem para o interior do seu mundo.

Dulce restou sozinha, cansada de buscar em outros a imagem que um dia foi seu pai. A procura por Michel passou a ser uma rotina descrente, feita como hábito. Fantasiava que ele a tivesse abandonado por engano ou contra sua vontade, como se, após um longo embate, os homens do Assombro o tivessem levado. Não suportaria acreditar que não a quis, que a deixou por decisão pensada. Apegava-se a qualquer justificativa, por mais tola que parecesse, para postergar a compreensão dos fatos. Tinha que lhe escrever, lhe oferecer uma última oportunidade de reparo e conciliação. Escreveu centenas de cartas, pedindo por sua compaixão e por seu retorno. Espalhou-as pela cidade com o endereço e a cópia da única foto de Michel que lhe restara.

Quando Michel saiu da casa de Deuscélia, há mais de quinze anos, não levou nada. Não tinha uma foto ou retrato da família. Todos os dias, invocava as lembranças da filha, permanecia nelas para mantê-las vivas, como se assim pudesse estender seu tempo.

Na garagem da Casa do Morro, passava as tardes tentando desenhar, sem saber fazê-lo, os traços memorizados do rosto de Dulce. Os lápis pretos gastos no chão, folhas e mais folhas de esboços tortos e sem simetria. Com o tempo, os retratos melhoraram de contorno e, talvez pela incerteza das suas recordações, avaliava que estavam cada dia mais verossímeis. Os desenhos foram ganhando diferentes contextos. Michel imaginava Dulce crescida, fantasiava suas festas de aniversário, sua formatura na faculdade e até seu casamento. Nas gavetas e prateleiras, escondidos entre livros, pastas e pilhas de jornais velhos, os álbuns reproduziam, em diferentes momentos, a mesma memória do rosto de Dulce. Trancado na garagem, Michel procurava nos rastros de um lápis o caminho que não seguira.

Em uma tarde de verão, quando Michel estava sozinho em casa, uma moça bateu na porta da Casa do Morro. Carregava um envelope amassado que parecia ter viajado o mundo, passado por muitas mãos. Só poderia ser entregue a Michel. O senhor é esse Michel? Ele aproximou o rosto do papel. Sou eu na foto. Michel recolheu a folha e dobrou-a amassada no bolso, com pressa. Obrigado. Nos conhecemos? Sou filha de Aurísio, da fazenda. Reconheci seu rosto na foto e achei que fosse importante.

Pai,

Não sei se essa carta vai chegar até você. Pode ser tarde demais. Me dói muito pensar que você nunca vai saber de toda raiva e toda saudade que guardei. Tive que pensar na sua morte pra te perdoar, mesmo sem saber por que você foi embora. A morte visita minha mãe todos os dias. Quer levar ela daqui. Ela vive em delírio chamando seu nome. Não quero ficar sozinha. Ainda dá tempo. Se estiver vivo, volte agora pra casa.

Dulce

No breu da estrada, Michel só enxergava pontos de luzes flutuando distantes, crescendo em sua direção até lhe ofuscar os olhos. Acelerava, ansioso por reencontrar Dulce. Tantas vezes quis lhe telefonar e escutar sua voz crescida, mas desistia quando pensava no rancor das suas palavras. Tentava agora ensaiar perguntas ou explicações, sem a mesma naturalidade do passado, quando se deitavam no quintal a caçar vaga-lumes em sol a pino. Imaginava como tinha crescido, se esteve triste ou se o deixara de lado, como aqueles pais que os filhos não mencionam. Pensou um dia em mandar espiar se outro homem aquecia a cama de Deuscélia ou se elas passavam necessidades, mas para quê? Depois de todos aqueles anos, o que poderia fazer?

Um tatu cruzava a estrada sombreado pela noite. Só existiu quando o farol lhe focou amarelo, em distância curta. Michel tornou todo o volante à direita. No barranco à sua frente, um imenso escuro margeava a pista sem acostamento. O carro mergulhou cambalhotando, amassando todos os lados, marcado em batidas que dilaceraram prensada a funilaria. Michel, enfiado nos metais e vidros estilhaçados, desmaiou.

Timóteo deixou Antônio, Lúcia e Dora no hospital, e foi sozinho procurar respostas. O pé chacoalhava pisado no acelerador e os dedos sovavam o volante, sempre adiamos as conversas mais difíceis, deixamos de fazer as perguntas e confirmar algo que possa nos ferir, e de repente um acidente, um final precoce, e passamos o resto da vida com essas lacunas, que podemos ocupar ou não, com mentiras ou consolos, que nos agridam ou nos confortem.

Não existia caminho entre a estrada e o barranco, senão o precipício de terra marcado pela funilaria do carro. Foi descendo pelas beiradas, se inclinando no ângulo das terras de cima, onde poderia escorar-se agarrando nas raízes de planta. Seu tênis raspava o barro, escorregando pequeno, desafiando sua confiança. Sentia-se na obrigação de aproximar-se do pai, compreender os motivos da sua viagem e o que lhe afligia. Seu pai fora feliz? O amava? Não sabia. Tinha lembranças do pai radiante, encantado com o trabalho, mas tornou-se outra pessoa depois que Teodoro partiu. Mesmo sem tê-lo conhecido, amava mesmo a Teodoro, depois tudo perdeu sentido. Se fechou na garagem, foi desaparecendo, sumindo na minha frente, e eu, o que fiz?

Confirmou ser o carro do pai pela placa na parte traseira, menos afetada pelo acidente. Na parte dianteira, a lisura do para-choque era agora milhares de filetes de metais contorcidos e amassados. Refez o acidente na cabeça, assustado com a provável força do choque. O pai não sobreviveria. Imaginou o sinal ininterrupto do monitor cardíaco. Teve pressa para voltar. Ainda tinha o que lhe dizer? Passou a vida esperando palavras afetuosas que surgiriam de um amadurecimento velado, precipitado por uma tragédia como essa. Mas nem naquele momento conseguiu reunir todo carinho e lembranças de afeto. No fundo, nunca o conheceu. Agachou-se diante da janela do motorista, esticando o pescoço para dentro do carro. Teve dificuldade de assimilar o painel e o console de ponta-cabeça e não encontrou a carteira ou documentos.

Ao projetar seu corpo para o fundo do carro, Timóteo encontrou papéis brancos espalhados. Poderia ser algum documento importante, contratos de trabalho ou de natureza pessoal, prestes a serem assinados ou notariados. Alcançou uma das folhas e viu variados desenhos da mesma menina, rabiscada com mãos esforçadas, de pouca técnica. Eram dezenas de esboços, em diferentes contextos e estágios de vida, como o catálogo de um artista obcecado pela mesma imagem. Catou os papéis com cuidado para desamarrotá-los. Deteve-se no retrato da mulher, nos seus traços familiares, como se ele também pudesse desenhá-la e fosse uma memória compartilhada com o pai. Por que lhe parecia tão familiar? Encontrou uma carta.

Timóteo continuou o trajeto de Michel, interrompido pelo acidente, determinado a entender os feitos do pai. Enquanto dirigia, tentava resgatar a memória da terça-feira de carnaval, de poucos anos antes, em que conhecera uma Dulce naquela mesma cidade. Recordava-se daquela noite tentando dispersar o sentimento de desprezo, espalhando-o pequeno pelas memórias. Sua lembrança era vaga, não conseguia formar os contornos do seu semblante. Encostou o carro e se ateve ao desenho por alguns minutos, sim, lembrava-se, é muito parecida, mas poderia ser engano. Não faz sentido. Tinha que ser um engano.

Foi à igreja, ao banco, à padaria, ao posto de gasolina, à barraca de cachorro-quente. Perguntava, segurando o desenho mais bem-acabado, se alguém conhecia Dulce. Quando pediam por mais detalhes, admitia constrangido que era só o que tinha dela. A falta de respostas o fez lembrar que a Dulce que conheceu trabalhava em uma loja de telefones. Buscou por todas na cidade e finalmente encontrou aquela em que ela havia trabalhado. Conhece alguma Dulce, parecida com esse desenho, que mora por aqui? Espalhou as folhas sobre o balcão da loja. Essa é a filha de Deuscélia? Conheço sim, mas não vejo há muito tempo. O que você quer com ela? Timóteo quis frear a resposta, parecia precipitado. Ela é minha irmã. Na loja de telefones, encontraram o endereço de Dulce no registro dos funcionários. Anotou num papel e seguiu.

O muro desbotado era alto e coroado de vidros espatifados. O cadeado da entrada estava trancado, mas, pelas frestas entre o muro e a porta, podia ver a grande mangueira no quintal, as paredes de reboco incompleto e uma televisão ligada na sala vazia. Bateu palmas e chamou por alguém, num costume que não era seu, do tempo em que não existiam campainhas nos portões. Enquanto aguardava na entrada, sentia um frio nauseante, semelhante a quando se está prestes a dar uma má notícia. Razoava que, para Dulce, talvez todas as más notícias já tivessem sido dadas e não lhe restasse nenhum otimismo nas surpresas. Abrisse a porta, explicaria, pediria perdão, cuidaria dela, ninguém há de saber, por mim e por meu pai.

Um homem magro albino acudiu. Veio caminhando, arrastando os chinelos de sola gasta, com uma camiseta regata que parecia ter sido doada por alguém maior que ele. Veio desconfiado, desacostumado a receber visitas. Timóteo deu-lhe bom dia, preciso falar com Dulce. O moço manteve distância, detrás da grade do portão. Ela não mora aqui mais não. Comprei a casa quando a mãe dela morreu. Ela enfiou as roupas na mochila e entrou num caminhão. Há quantos dias foi isso? O moço olhou para cima, quis estimar o tempo. Deve ter mais de um ano.

Assim que voltou, Timóteo foi ao hospital e encontrou Michel desperto, tomando um suco de laranja na cama. Michel tentou erguer-se para abraçar o filho, mas seus braços despencaram, e teve que fechar os olhos para recuperar a energia. Timóteo apertou sua mão, sentiu-a fria e trêmula. Pediria licença, mãe, queria ficar só com o pai, contaria sobre a carta, os desenhos, o paradeiro de Dulce, partiu, já não mora naquela casa. A iluminação forte e branca do hospital ressaltava as manchas no braço de Michel, o cabelo revolto e a pele murcha e enrugada. Que adiantaria? Todas as perguntas, um massacre, encurralaria o velho, sem saída. Como olhar na cara dele depois de tanta humilhação? Deitado na maca, Michel o encarava, pela primeira vez em muitos anos, sem vergonha ou disfarces, desafiando-o a fazer o mesmo.

Pai, fui no carro pegar suas coisas, mas só encontrei uns papéis velhos. Michel franziu a testa. Depois do susto de morte, tudo mais era irrelevante ou solucionável. Foi perda total? Foi sim, não tem mais o que fazer. Michel pediu mais um travesseiro e Lúcia moldou a almofada nas suas costas, abafando o ar da fronha com cuidado. Perguntou se sentia fome; não sentia. Mãe, quer que eu fique esta noite? Timóteo ofereceu por educação, não estava pronto para ficar a sós por tanto tempo com o pai. Não precisa, filho, eu fico. Antes de sentar novamente no sofá, Lúcia certificou-se de que os pés de Michel estavam aquecidos e vestiu-lhe uma meia cirúrgica. Os exames indicavam que Michel estava bem. Ficara somente uma grande ferida demarcada como um território que se estendia do joelho à canela. Timóteo notou a ausência de Antônio, onde ele está? Depois que seu pai melhorou, Antônio foi para para casa, disse que voltaria se precisássemos, Lúcia respondeu.

Quando o enfermeiro entrou no quarto, naquela madrugada, Lúcia empurrou Antônio com força. Por um momento, achou que Timóteo tivesse voltado ao hospital. Olhou para Michel e seus olhos estavam abertos. Não sabia havia quanto tempo. Não sabia se primeiro, antes de abrir os olhos, pessoas desfalecidas ganham consciência e conseguem escutar o que se passa. Não sabia se Michel ouvira os lábios se tocando, os sussurros trocados ou o suspiro de alívio que pôs fim à expectativa dos dois. Antônio logo saiu do quarto com a esperança de que Michel não o tivesse visto ou que, mesmo de olhos abertos, não estivesse em condição de assimilar o que acontecia. Lúcia se manteve inquieta no quarto. Imaginava Michel contando a Timóteo o que presenciara e o que restava da sua vida desmoronando. Depois que Antônio saiu, Michel foi ganhando força, como se despertasse um membro de cada vez. Primeiro, mexeu os braços, depois, as pernas e, por fim, meneou a cabeça, preparando-se para sentar na maca. Pediu um gole d'água, Antônio já foi embora?

Como foi a noite? Timóteo dirigia o carro enquanto Michel ia de carona. Tomei dois remédios e apaguei. Antes do acidente, Michel nunca permitiria que Timóteo conduzisse o seu carro. Agora sua perna fraquejava, lhe falhava a vista e, portanto, consentia, resignado, que seu filho o levasse para o médico. Diferentemente da juventude, quando os problemas de saúde se espaçavam no tempo e ofereciam um intervalo de cura, as doenças de Michel se acumulavam simultâneas e impacientes. Pareciam combinadas, em conluio de desgraça.

A recepcionista lhe deu a senha, quando te chamarem vá pra aquela porta, apontando com o queixo a pequena sala de triagem onde uma enfermeira o atenderia. Quando finalmente o chamaram, Timóteo entrou na sala cabisbaixo. Sempre que acompanhava consultas do pai chegavam más notícias; uma complicação médica sempre puxava outra e todas as doenças pareciam amarradas numa só corda presa a Michel. Na sala de paredes acinzentadas cabia apenas um conjunto de mesa e cadeira e uma maca fixa coberta por um lençol descartável. Senhor Michel? Timóteo reconheceu a voz da enfermeira. Seu cabelo longo e escuro, carregado de tintura, caía sobre o jaleco branco. Delfina entrou na sala decidida, parou a um palmo de Timóteo. Ele pôde ver a flor de lótus abaixo da orelha, reconheceu o mesmo perfume doce. As lembranças afloraram frescas, abraçaram-se e, de repente, sentiu-se queimar como em um veranico inesperado.

Timóteo ficou sem reação. Não sabia se, depois de muitos anos, os vínculos se apagam e reiniciam ou se a última interação é sempre o ponto de recomeço. Delfina teve pressa para desfazer o incômodo. Senhor Michel, a ferida da perna está muito inflamada, vou te encaminhar pro clínico de plantão. Ao voltar à sala, Delfina ficou a sós com Timóteo, como você tá? Ela sentou-se na maca apoiando um dos pés no chão, quantos anos faz, uns dez? Contou que depois da escola casou-se com Ramiro, mas o casamento não deu certo, nos separamos depois de dois anos. Morava sozinha em um apartamento alugado ao lado do hospital. As linhas de expressão do rosto mostravam rastros de preocupações e arrependimentos, olheiras de noites em claro. Timóteo lhe falou sobre os pais, o acidente de Michel e algumas passagens de menor importância. Não mencionou Dora. Desviavam de assuntos que pudessem arruinar o momento e evitaram os episódios que os levaram a se afastar. Vou ter outro paciente agora, mas adorei te ver. Por que você não passa lá em casa quinta-feira? Timóteo marcara compromisso com Dora na mesma noite, mas não teria outra chance de encontrar com Delfina. Pode ser às oito horas? Delfina rabiscou em um receituário o seu endereço.

Passava das sete e meia e Timóteo se apressava. Durante anos, aguardou por aquele momento, sonhado e planejado em detalhes. Não conseguiu dormir, atormentado pelas lembranças de um prazer por muito tempo banido dos seus pensamentos. Aceitava esse reencontro como uma sorte e, ao mesmo tempo, uma fatalidade. Nunca esquecera Delfina. De repente, fazia sentido que toda a sua vida fosse esperá-la madura e pacificada. Apesar dessa certeza intuitiva, Timóteo hesitava. Desconfiava de alguém ser toda a sua felicidade; todas as perguntas e respostas, o caminho sem encruzilhadas. Lembrou das histórias do seu tataravô Virgílio, dos atalhos de vida que depois condenam. Aproximava-se do endereço. Ligou o rádio do carro, procurando no aleatório a canção que lhe guiaria. Queria receber certeza do divino. Arrodeou mais uma vez o quarteirão. Dava um frio na barriga pensar em viver assim, sem âncoras nem peso, mas tinha medo de sair do carro, abrir a porta e se entregar para sempre.

Talvez fosse mesmo melhor o caminho conhecido, sendo só o que se pode ser. Coragem ou conforto. Subiu as escadas do edifício, devagar para não suar, a porta do apartamento estava destrancada. Empurrou a porta e ficou mais nervoso ao encontrá-la vestindo a mesma roupa de quando se viram pela última vez. Abraçou-a com a formalidade de uma cerimônia. Não quis esperar. Agachou aos seus pés e ergueu o rosto para alcançar seus olhos. Dora, casa comigo?

Chegava seu momento de falar. O padre empenhava-se em discorrer sobre Timóteo, pretendendo conhecê-lo das missas de domingo, dos desabafos no confessionário, dos sábios aconselhamentos sobre a vida e o amor. Timóteo acenava com a cabeça sorrindo, era a segunda vez que via aquele padre. Não reconhecia aquele local, não conhecia aquelas pessoas, não se via naquelas roupas.

Timóteo entrelaçava as mãos, esfregando uma na outra, se concentrava para repetir as palavras do padre. Seus olhos eram os de Lúcia, os de Geraldo, os de Virgílio, descrentes de qualquer expectativa feliz e eterna. Eram olhos de compaixão que fingiam acatar a alegria, momentânea e frágil, de Dora. Timóteo repetiu as palavras de consentimento do padre, sabendo ser um voto impossível. Pensava no seu verdadeiro voto, de sustentar aquela ilusão até quando pudesse, até que tudo desmoronasse como caminho natural da vida.

Na festa, parou ao lado de Antônio, que vivia calado desde o acidente de Michel. O sobrado, revestido de panos e buquês, parecia ser palco de uma grande encenação. Dora o puxou e o beijou, eu te amo. Timóteo tentou retribuir com a mesma ternura, mas teve que empurrar as palavras, forçá-las, exagerando uma intenção ainda precoce. Primeiro, foi construindo dentro dele um desejo de amar e, somente depois, decidiu que a amaria. Como um remédio necessário, uma carta escrita sem destinatário.

Na mesa mais perto da pista, seus pais, sem se olharem, cumpriam resignados o fim dos tempos. Lúcia pediu mais uma dose de uísque, a última, prometo, convenceu a Timóteo. Michel contemplava os noivos rodopiando no salão. Sua expressão não denunciava orgulho nem inveja, aquela cena não lhe dizia nada, tudo sem sentido. A cabeça se inclinava devagar, logo a reerguia, como se não percebesse a falta de força. Timóteo sentiu pena do pai, ignorante do paradeiro de Dulce, carregando pra sempre uma pergunta sem resposta, um arrependimento sem perdão.

Doutor Virgílio Sadovita, bisavô de Lúcia, chegou moço de idade, com família nova e crianças pequenas, e gastou o pouco que tinha comprando um pedaço de terra. Tentou plantar de tudo, mas nada prosperou na secura do sol e no pó que era a terra. Os pés murchavam secos antes de se prender nas raízes, os filhos também não vingavam e se soltavam, morrendo antes mesmo de ganhar nome. Suas ex-mulheres se foram de desgosto, assombradas pela miséria. Virgílio quase desistia da vida cedo, decidido à morte como melhor caminho. Em uma madrugada de desespero, se dirigiu à encruzilhada daquelas estradas lá de cima, onde há noite e as almas temem. Bateu três vezes, cruzando dois paus de madeira e chamou O-que-não-se-nomeia. Esperou só, sentado no barro onde as passagens se cruzavam, e não teve sinal. Duvidou do Cujo.

Voltou à casa decidido a morrer pelas próprias mãos, cravaria uma faca no peito com força de queda. Olhou-se no espelho para encontrar a trajetória da lâmina, o caminho sem osso ao coração. Do outro lado do reflexo, encontrou o Capiroto. Refletia suas formas e beiras, sua idade e seu sorriso, conhecia os feitos e os desfeitos das suas convicções. Era ele, de um lado que era outro. Acertaram termos, primeiro de pensamento, depois Virgílio escreveu carta de letras tortas e registrou na confiança do inevitável e dos caminhos sem volta. Dizem que ao Coisa-ruim não pediu nada concedido, queria o construído. Pediu tempo, que fosse alheio à morte, que ela nunca o chamasse, para poder construir suas capacidades. Morte não é passagem. É chamado, por vezes lento como um longo sussurro, por vezes um grito urgente. Seus olhos castanhos ficaram azuis, sem empecilhos.

No dia seguinte, choveu tanto que duvidou se era por gosto ou lamúria dos céus. O solo ficou tão fértil que se dizia nascer um rio subterrâneo nas entranhas da terra. Mantinha-se sempre irrigada de invisível vida. Nas fazendas, encontravam fósseis de antigas conchas arrastadas pelo arado. Lavrava como quem joga rede no mar, esperando encontrar qualquer coisa. Pequenos lagos brotavam do fundo da terra seca, buscando respiração e neles algas, de mar salino, se estabeleciam alheias à necessidade de adaptação. As terras de Virgílio esverdearam de arder os olhos. Depois da colheita, saía comprando os terrenos vizinhos, acumulando-os com os demais, expandido seu domínio. Foi ficando dono de tudo o que via, se apropriando do ao seu redor. Decidia vidas e mortes, começos e fins. Tornou-se divino.

No início, Doutor Virgílio achou que o demo esquecera dele. Tinha garantido sua parte no acordo. Ganhou tempo de avançar na vida, gozando da paciência e sabedoria, sem pressa. Nada de extraordinário lhe acontecia. Apenas não morria. Seu corpo e mente eram indiferentes aos anos, aos meses, aos dias, mas não eram imunes às pessoas que amava. Assistia, condenado pela eternidade, à morte dos seus amores, à derrocada dos seus filhos, ao triste fim de todos que nascem. Só ele presenciava, em repetição, a tortura natural do mundo, o fim de todos os ciclos. Nada podia fazer. Sofria pelos seus, agonizava por estar vivo.

Criou um plano de reverter o acordo e ser salvo pelo Altíssimo. Tentou santificar sua condição, virar beato, como um criminoso arrependido. Era justo com os funcionários, fiel à sua família, rezava todos os dias e não cruzava linhas de pecado. Mandou erguer uma cruz, a mais alta da região, no topo do morro da cidade, que depois viraria caminho de peregrinos, construiu igrejas e deixou, em testamento, generoso quinhão do espólio para os mais pobres. Nada funcionou. Seguiu testemunhando o roteiro algoz da vida. Quis morrer, mas temia ferir acordo pactuado e condenar as gerações vindouras dos Sadovitas.

Aos poucos foi definhando, enxergando o martírio adiante, sabendo que só restaria a ele em eterno tormento. Quis refazer o acordo. Procurou o Coxo novamente, nos cruzamentos e encruzilhadas, nos morros de assombro e em todos os espelhos da casa. Mandou fazer um espelho de corpo inteiro, moldurado em ouro, para atrair a vaidade do Tisnado. Nunca mais o encontrou. O silêncio declarava o pacto irreversível. Até que Virgílio desistiu e quebrou todos os espelhos da casa, sem poder suportar mais um segundo de vida. Nesse dia, Geraldo escutou um barulho e foi até o gabinete. A porta estava aberta. Encontrou Doutor Virgílio na poltrona de couro, os braços esticados em repouso, o corpo mole espalhado na cadeira e, no lugar dos olhos, dois buracos que foram costurados para o enterro.

Sentada à cabeceira com braços pousados sobre a mesa, Lúcia estava muda e imóvel como que habituada a um silêncio resignado, sem assunto. Seus cabelos curtos, grisalhos, molhados e recortados por um pente fino, colavam na cabeça como origamis cuidadosos. Exalava um cheiro floral forte que desviava a atenção da morbidade das suas feições. Estava à mesa em pose de refeição, mesmo sendo onze horas da manhã, e, portanto, prematuro para o almoço. Já abrira a quinta lata de cerveja do dia, uma quarta-feira. Timóteo proibira o uísque naquela casa e vistoriava os armários e a despensa. Lúcia gostava das cervejas mornas e latas de pouca expressão. Com a ponta da língua, lambia com indecência as gotas esquecidas pelo gole no topo da lata. Sua sede se reconstituía e aumentava a cada gole. Inebriada também pelo calor, as ideias e os pensamentos iam se confundindo, se misturando e apagando, enevoados em um grande bloco de coisa alguma. Olhando pelas portas de vidro da sala do almoço, o mesmo jardim, o mesmo quintal que via há sessenta anos.

Bento, cuidado! Enquanto cozinhava, Maria não tirava os olhos da piscina que ficava no fundo da casa. Nem tinha cara de piscina. Buraco cavado na terra, amparado por um grande cubo acimentado e mal-acabado. Textura áspera. As crianças evitavam encostar os pés sob pena de arranho ou furo. Fundo duro de romper os crânios. Bento ouviu, mas não ouviu. Aquele dia na casa da avó tinha sempre jeito de primavera. Chegava para almoçar e passava o dia brincando entre o quintal e a piscina. Naquela idade, aos nove anos, Bento ainda não percebia a decrepitude que o rodeava. O tempo se fazia notar em cada canto da casa. Os sofás pareciam esperar por alguém. Nos quartos, gavetas e armários vazios, objetos antigos, há muito esquecidos e inúteis. Caixas com recordações que não importavam mais. Traços de uma existência que perdia o sentido quanto mais se aproximava do seu fim.

Naquele dia, seria servido um bife caldoso de molho escuro feito por Maria Louca. Era o único prato que sabia fazer bem e o único servido nos almoços de quarta-feira. Bento não via toda a morbidade. Não via que sua avó sofria a vida sentada à cabeceira e estava em sua própria espera. Não via que às onze horas da manhã ela já bebera cinco latas de cerveja e que sua voz embargava entre o álcool e a velhice. Não via que o avô, fechado no escritório, acumulava pequenos recipientes de todos os tipos e formatos para guardar qualquer coisa, mesmo não planejada, incluindo clips, borrachas, remédios e outros itens que comprava para ter o que guardar nesses recipientes, contas antigas de energia e versões antigas de jornais. Tinha uma máquina de afiar cortadores de unha, já que, com a idade, suas unhas cresciam cada vez mais rápido. Colecionava também algumas revistas de mulher nua, novelas pornográficas e anúncios de prostitutas que recortava do jornal.

Lúcia escutou, por detrás da cabeça, os passos lentos de Michel na escada. Primeiro, ouvia a batida forte do despencar da bengala no chão, apoiada por uma só mão que pelejava para se firmar. Em seguida, dois passos de pé, separados por uma expectativa que durava dois segundos, e um ruído abafado de dor a cada degrau. Na sua perna esquerda, abaixo do joelho, o ferimento do acidente que nunca curou. A pele vermelha contornava um concentrado de pus vivo, inflamado para sempre. Tosse abafada escapava pelos dedos. Michel descia se equilibrando no corrimão e se distribuindo no espaço. Exames, remédios e injeções diárias. Sabia que não teria força suficiente para mudar. Condenou seu corpo a uma morte lenta, preguiçosa e imoral, presenciada por todos. Seu vigor foi se diluindo nos anos, como quem tivesse nascido com um estoque finito de energia. Foi se tornando mais gordo, mais frágil, mais só e mais esquecido. Consumido pela tristeza, desistido de qualquer sorte, Michel vivia uma espera.

Timóteo e Dora chegaram em seguida. Abriram a porta com intimidade e entraram rápido, sem pensar ou pedir licença. Deixaram os celulares e a bolsa na primeira poltrona da sala e desataram a falar. Primeiro, entre eles, frases rápidas em voz alta, respondendo antes de perguntar, sobre o trânsito, sobre a demora, sobre o cardápio do almoço, sobre o tempo, sobre a confusão que aconteceu no final de semana, sobre a vizinha, sobre o trabalho, sobre o atraso na padaria, sobre a falta de educação de certos pais. E os temas saltavam, apareciam de surpresa, um jogo de palavras desafiador, sem continuidade e sem sentido. Falavam para compensar em palavras, em volume de vida, todo o silêncio acumulado dos últimos anos.

Cumprimentaram Lúcia e Michel com dois beijos na cabeça. Não tinham mais idade para agachar e eles não conseguiriam inclinar o rosto sob risco de machucar o pescoço. Foram à cozinha falar com Maria, pode servir, estamos com pressa.

Sentaram-se à mesa. O calor da sala gritava desespero. Bafo quente e úmido, sufocando a garganta. Toalha de mesa pegajosa colava nos braços suados e sebosos. O cheiro do arroto, dos gases da cerveja morna que não se dissipavam sem vento e pairavam no ar se oferecendo, enojando. Era a mesma sala em que Timóteo passara a infância, onde recebera amigos e abraçara seus pais e rira, e chorara de rir ou de tristeza. Mesmos degraus que subira correndo, com pressa de fazer alguma coisa, de pegar algo que tinha esquecido, com medo de cair e se machucar. Pressa de viver quando o tempo não agredia, não era um grande inimigo. Para onde tinha ido tanta beleza, tanta vida?

Timóteo e Dora perguntavam como eles estavam, certos da resposta, convidando-os a falar um pouco; que dissessem que estavam bem, mesmo sem estar, mesmo perdidos, embriagados pela cerveja morna. Lúcia abria a sétima lata de cerveja. Sua voz já não era tão compreensível. As perguntas não faziam sentido. Pelo vidro sujo da porta da sala, apreciava Bento de longe, menino, venha me dar um beijo.

Bento saiu da piscina e se aqueceu em uma toalha que esquentava sobre o concreto do quintal. Deitou-se de short e sem camisa na espreguiçadeira. Seu corpo infantil reluzia uma vida morena, saudável, feliz. O sol lhe apertou os olhos azuis, que fechou, e cruzou as pernas como vira em um filme. A vida lhe infiltrava pelos poros, o aquecia. Parecia não se importar com nada. Com o sol queimando sua pele desprotegida, com o copo de água vazio que não poderia saciar sua sede e apaziguar o calor. Olhava para o céu e via a ponta do telhado daquela casa e uma varanda em que não aparecia ninguém. Pela porta de vidro suja, via os avós e os pais conversando. Sua mãe gesticulava uma história qualquer. Seus avós pareciam atentos. O almoço seria servido. Seu prato favorito. Alheio ao que não poderia entender, desafiava, sem saber, a tudo e todos naquela espreguiçadeira. De dentro da sala, a avó pensava, menino, venha me dar um beijo.

As caixas aguardavam a chegada do caminhão, empilhadas em frente à Casa do Morro. Resquícios de toda uma vida agora empacotados em poucos volumes. Levavam apenas o necessário, os itens que guardavam algum frescor de apreço ou uso. Michel se apegava aos seus papéis, às suas pequenas ferramentas de reparar nada e qualquer coisa, que eram também instrumentos e objetos dos seus consertos. Os jornais velhos, arquivados meticulosamente em ordem cronológica à disposição para serem consultados, foram levados, garantindo continuidade à sua rotina de tantos anos. Em uma pasta que segurava junto aos seus documentos, as gravuras de Dulce que sobraram em seu escritório. Lamentava ter perdido sua carta, prova escrita do amor que um dia sentiu. O caminhão levaria as caixas de Lúcia e Michel, que morariam no sobrado, e traria as caixas de Dora e Timóteo, que passariam a morar na Casa do Morro. Michel e Lúcia apenas acataram a decisão de Timóteo, que precisava de um lugar maior para a crescente família, e dizia também que, na fazenda, Michel e Lúcia teriam uma vida mais tranquila, distante dos problemas da cidade.

Lúcia e Michel chegaram ao sobrado antes das caixas. Timóteo tinha feito uma pequena reforma para deixar a casa menos mórbida. Pintou as paredes de cores vivas, cada quarto de uma cor. Exagerou e os quartos agora pareciam gritar ajuda, não conseguiam mais disfarçar sua justa tristeza. Lúcia se deteve ao pé da escada, marcando o momento da sua chegada. Aquela era sua última estação. Quando se virou, pôde ver Michel subindo os degraus capenga, apoiado na bengala, a ferida aberta na perna esquerda. Sua espera seria a mesma do pai. Ela percorreu a casa, escutando um chamado que vinha de dentro e que se tornava mais forte à medida que caminhava em direção ao seu centro. Seu coração sentia mais acentuado o pulsar daquela casa, como se a tivesse habitado por muitos mais anos do que se lembrara. Sentia-se prestes a ser possuída por alguém que já conhecia.

Abriu a porta do gabinete, o quarto em que, quando criança, não podia entrar. Não entrara nele desde o dia em que seu pai a proibira. Estava ainda escuro, mais escuro pelos móveis de madeira enegrecidos pelo tempo. A cadeira de couro do bisavô ainda estava ali, detrás da mesa cheia de papéis, como se ele ainda sentasse nela. Não resistiu em sentir o couro da poltrona nas suas costas, ter a mesma perspectiva que ele teve quando se foi.

Já não sentia seu corpo, imerso e acolhido na poltrona, já não controlava braços e pernas. Só podia ver, sem mais poder sobre si. O bisavô permanecia ali, habitando o azul de todos os olhos, ocupando-se de viver o tempo que pediu e não seria mais capaz de devolver. Viveria todos os dias e todas as noites. Todas as dores e todos os tempos. Todas as vidas e todas as mortes. A morte de quem nasce, a morte de quem desiste, a morte de quem perde, a morte de quem lembra, a morte de quem chora, a morte de quem ama, a morte de quem vive. A morte.

Este livro foi composto em Minion Pro
e impresso em papel pólen natural 80g/m²,
em setembro de 2025.

Impressão e Acabamento | Gráfica Viena
Todo papel desta obra possui certificação FSC® do fabricante.
Produzido conforme melhores práticas de gestão ambiental (ISO 14001)
www.graficaviena.com.br